王晋康少儿科

追 K

王晋康　著

科学普及出版社
·北　京·

图书在版编目（CIP）数据

追 K/ 王晋康著；颜实主编 . —北京：科学普及
出版社，2018.1（2023.6 重印）
（王晋康少儿科幻系列）
ISBN 978-7-110-09706-9

Ⅰ.①追… Ⅱ.①王… ②颜… Ⅲ .①科学幻想小说
—中国—当代 Ⅳ.① I247.5

中国版本图书馆 CIP 数据核字（2017）第 301163 号

策划编辑	王卫英　杨虚杰	
责任编辑	王卫英　符晓静	
装帧设计	中文天地	
责任校对	焦　宁	
责任印制	徐　飞	

出　　版	科学普及出版社
发　　行	中国科学技术出版社有限公司发行部
地　　址	北京市海淀区中关村南大街16号
邮　　编	100081
发行电话	010-62173865
传　　真	010-62173081
网　　址	http://www.cspbooks.com.cn

开　　本	880mm×1230mm　1/32
字　　数	85千字
印　　张	5.125
版　　次	2018年1月第1版
印　　次	2023年6月第4次印刷
印　　刷	北京盛通印刷股份有限公司
书　　号	ISBN 978-7-110-09706-9 / I·519
定　　价	28.00元

目录

第1章

李剑的忧虑

李剑乘波音 797 赶到北京，立即在机场租了一架小蜻蜓自动驾驶直升机飞到劲松小区。他已经近两年没回家了，01 基地的工作是超强度的，两年下来，他身上那根弦几乎崩断了。伊凡诺夫将军特批了两天假期，让他趁出差之机与家人团聚一次。

他确实累了。虽然在 01 基地同事们看来，他是个永远不知疲倦的"机器人"，严厉精细，近乎不通人情，有着钢铁般的神经，但即使钢铁也会疲劳断裂的。也许是假期让他放松了心境，刚才在直升机的 15 分钟航程中，他还抽空打了个盹，甚至做了一个短梦。他梦见妻子在家里向他招手，小豹头也

从窗户里探出脑袋笑嘻嘻地看他。忽然，远处的云层里突现一个七彩的光洞，一道光剑从光洞中射出，转化为巨大的磁吸力……然后是直升机电脑驾驶员的声音："先生，到你家了，再见。"

他伸出食指，打开了公寓门上的指纹锁。宽敞的屋内没有一个人，他想起现在正是暑假，妻子一定领小豹头出去游玩了。小豹头今年 12 岁，长成什么模样了？墙上一幅照片看来是近照，小豹头两眼圆溜溜地依在妈妈的身边，妻子的面容仍如刚结婚时一样娇艳。

他的情感深处升起一股暖流，甩掉衣服走进浴室。他想洗掉旅途的疲劳，好好和妻子聚一聚。只有两天假期，每一分钟都是宝贵的。

他刚进浴室，莫如慧就回来了，小豹头落在后边。她一眼就看见沙发上有丈夫的衣裤，听见浴室内有哗哗的水声，立时感到心跳加快了。"剑，你回来了？"她喜悦地问。在哗哗的水声中，丈夫没听见。她忙从衣橱里挑出干净衣服，把脏衣裤口袋里的杂物掏出来。水声停了，丈夫披着雪白的浴巾出来，她立时扑进丈夫的怀抱，尽情热吻着，忘记了一切……不知过了多久，大门开了，小豹头的脑袋探进来，嬉皮笑脸地说：

"爸，妈，我什么也没看见！"

李剑笑着把他拉过来，也拥入怀中。

新浴过后，丈夫更显得英气逼人。浑身洋溢着喜悦，两道剑眉，高鼻梁，眼睛炯炯有神。他身材颀长，在衣服的遮蔽下甚至给人以单薄的印象，实际上他的胸肌臂肌十分发达，是武警特种部队教官生活给他留下的好身板儿，他是一个公认的搏击高手。

吃晚饭时，莫如慧一直目醉神迷地看着夫君，幽怨地说："两年了，小豹头真想你呢。我看你把我们娘儿俩都忘了。"

李剑笑道："我特意在家里装了三维可视电话，还不和真人一样？"

"再逼真也只是激光全息图像，看得见摸不着呀！再说，你一年内能打回来几次电话？"

李剑哑然了。01基地实行着极严格的电波静默，不允许对外通信。他只有在出差时才能打回来一次电话，但外边并非每个地方都有三维电话的。这些年，妻子实际上是过着寡居的生活，真难为她了。

小豹头没有这样细腻的离怨别绪。他兴高采烈地和爸爸谈天，说他们如何不喜欢万能的机器人教师，如何拿一些怪问题作弄它们。比如：问万能的机器人教师能不能造出一道它自己也解不开的难题？或者请它把全班女同学按美貌程度排排次序。"这道题把那个方脑袋难住了，至今也答不出来。

它的电子脑袋里没有关于女孩美貌的积分程序！哈哈！"小豹头得意地笑着，随即蹦到另一个问题上，"爸爸，你的基地是干什么的？是解剖外星人的吗？"

李剑笑着问："谁告诉你的古怪想法？"

"当然是我嘛。你的基地太诡秘。在信息共享的 21 世纪，你们的行为太不合群了，就像一群神秘的印度托钵僧人。"儿子很"哲理"地说。

李剑笑笑，没有回答。

晚饭后，李剑给远在山东的父母打了个长途，问问安好；又和北京的一群哥们儿通了话，那群哥们儿都大惊小怪地说他简直失踪了，明天要好好聚一聚。李剑笑着说留待来日吧。这次是出差路过，总共不过两天时间，你们不让我和老婆亲热了？

转过头，见妻子淋浴已毕，情意绵绵地等着他。她的眼波流转，嘴唇湿润而性感。李剑把她揽入怀中，能感觉她的脉搏在勃勃跳动。但这时儿子又闯进来说：

"爸爸，妈妈，马上有实况转播的电视辩论，关于 K 星人的！"

两人对望一眼，无可奈何地叹口气，随儿子来到客厅。儿子已打开 100 英寸的液晶电视，一名男主持人宣布，关于 K 星人的专题谈话即将开始，参加谈话的是世界政府新闻发言人科林·卡普先生和《环球电讯》报记者蒂娜·钱女士。

摄影机已经准备好了，演播厅里百名观众鸦雀无声。蒂娜·钱最后一次检查了化妆，收起镜子。她是一个漂亮的混血女人，眼窝较深，鼻梁挺直，皮肤白皙，这几点像她的英国母亲；其他地方则为亚裔特征，黑发黑眼珠，小巧的嘴唇，皮肤细腻润泽。工作人员小声宣布：

"请注意，直播现在开始。"

卡普在椅子上挺直身子，摆出从容的微笑。实际上他心中十分忐忑。他知道自己要对付的是一个十分棘手的问题，还有一个素以口舌锋利、思维敏捷著称的女记者！为了这次电视辩论，世界政府（当然是指少数知情人）已做了几天的准备。

摄影机开始丝丝地运转。蒂娜·钱微微一笑，毫不留情地举起"砍伐之剑"。因为卡普不会汉语，采访使用英语，再由同步翻译译成汉语。

蒂娜·钱（讥讽地）：谢谢科林·卡普先生的光临。新闻界和公众盼了两年多，总算有一个负责的政府发言人来澄清我们的疑问了。首先向听众说明一点，我们之所以把谈话地点选在西安，是因为在这个中国十三朝古都的附近，正是所谓 K 星飞船出没较频繁的地带。现在请卡普先生做一个开场白。

卡普：诚如钱女士所言，这次答问的日期一再后延。因为对所谓 K 星飞船的调查工作需要时日，世界政府需要做出明确的结论才能面对公众。我向公众致歉，相信通情达理的公众会谅解的。

钱：希望在听了卡普先生的解释后，我也能被划归"通情达理"的那一部分（听众哄笑）。好，开始正题吧。众所周知，三年前，即 2042 年 7 月 30 日，世界政府发言人，即今天的卡普先生，曾激动地宣布，已经发现一艘外星飞船飞抵水星，帕洛马天文台拍摄到了清晰的照片，人类与外星文明建立联系的伟大历史时刻即将来临。这艘飞船可能来自 10 亿光年之外的某个星球，暂称为 K 星。回头检查近期的天文记录，发现了该飞船在距地球 4000 天文单位时带尾焰的图像。从其尾焰的紫移程度判断，它在途中的速度曾接近光速，所以它肯定来自一个远为先进的文明。卡普先生对我的这些复述没有异议吧。

卡普：不，没有。

钱：我曾像一个易于激动的豆蔻少女那样，急切地盼着 K 星人在水星稍作休整后来地球做客，他们是什么模样？是威尔斯笔下的章鱼型？还是大脑袋，趾间有蹼，肚子下垂，心光可以发亮的 E·T 人？盼哪盼哪，K 星人始终不曾露面，政府发言人的口气也越来越含混不清。在信息透明的 21 世纪，这实在是一个十分奇怪、十分丑恶的现象！现在请卡普先生明确回答，究竟 K 星人飞临水星这件事是真是假？

卡普（困难地）：十分抱歉，据两年多的调查结果，没有明确的证据表明这艘 K 星飞船的存在。需要说明的是，政府当年的宣布并不是草率之举，我们有飞船抵达水星的照片。虽说由于距离遥远——当时水星与地球相距 1.2 亿公里——又有太阳强光的干扰，照片不太清晰，但分析它在途中的速度变化，及它接近水星的方式，几乎可以肯定它不是自然天体，而是一架由智能生物控制的运载飞船。但此后没有任何它的信息。政府曾派遣了两艘考察飞船在水星降落，也没有发现任何蛛丝马迹。

钱：那么，你的结论？

卡普：我可以肯定的是，两年以来，世界政府没有收到所谓 K 星飞船的任何消息，也没有 K 星飞船存在的任何证据。至于多次见诸报道的飞船飞临地球的消息，只是人的心理作用，是上次错误宣布引发的从众反应。迄今为止，政府对所谓目击者的多次调查都得到了否定的结论。另有一些谣传，竟然说地球政府对水星采取过军事行动，这就更荒唐了。

钱：那么，你能否痛快承认，上一次政府的宣布是一次错误，是本世纪最大的科学丑闻？就像上个世纪炒得沸沸扬扬的火星运河那样？

卡普：恐怕还不能这样说。不，不，这并不是为保存哪些人的脸面，包括我本人的脸面——毕竟那则消息是我公布的——因为那些照片的真实性至今还不能驳倒。也许，K星飞船的确曾到过水星，又悄悄离开了。

钱：我的天，他们千里迢迢赶到太阳系，竟然对近在咫尺的地球毫不理睬，这可能吗？要知道，这里生活着银河系唯一的智慧生物！如果换了我，我绝对按捺不住自己的好奇心。

卡普（冷冷地）：我可不敢说我能猜透K星人的心理。相对于年轻的地球文明，他们很可能是10万岁的老人了，也许已失去了好奇心；或许他们遵循着某种太空戒律，不去打扰低级文明的进程；或者飞船在水星上失事了，而残骸我们没有看到。

钱（讥讽地）：也许他们是一群阴险的恐怖分

子，目前偃旗息鼓，准备一朝猛扑过来？

卡普（冷淡地）：这种可能也不能完全排除。但我们期望随着文明的进步，智慧生物的侵略性和残暴性会随之减弱。

钱：我不知道今天的电视观众是否会满意，因为你给出的仍是一个不确切的答案，是几种可能。但至少有一点，那就是世界政府并未有意隐瞒任何事实真相，是吗，卡普先生？

卡普：是的。

钱：世界政府此后也不会向公众隐瞒任何消息，所有信息将及时向公众公布，是吗，卡普先生？

卡普：是的。

钱：我会记住你的保证。卡普先生，现在已不是20世纪了，那时，为了冷战的目的，各国政府常常故意隐瞒或伪造外星人的消息，使人们至今只能面对扑朔迷离的历史疑案而喟叹。在21世纪，民众有权了解真相。卡普先生，我说得对吗？

卡普：完全正确。我还想说几句题外话。希望不要因为这次错误使公众走向另一个极端，从而否认外星文明的存在。近代科学已经形成一种共识：外星文明是肯定存在的，它们之所以迄今仍未走访地球，仅是因为空间的遥远或时间的漫长。但总有一天，我们会把"与外星文明接触"摆到议事日程上。当然，有些科学家认为，这种接触不一定有利于地球文明的自然进程，这是以后的事了。谢谢大家。

摄影机停止转动，蒂娜·钱和科林·卡普先生握握手，各自退出摄影室。卡普先生眉头紧皱，似乎满腹不快。而蒂娜·钱也快快地想：今天我没有战胜他。从他那儿得到的唯一肯定的回答，是政府不会隐瞒任何消息，而这恰恰是她最不相信的。

夜里，莫如慧睡得十分香甜。夫妻久别重逢，他们刚才好好亲热了一番。但半夜里她模模糊糊觉得身边空着。她从深睡的困乏中勉强睁开眼睛，见丈夫半坐在床上，正仔细端详她的身体。夫君的情意让她很感动，但她随即觉察到丈夫的目光并非款款深情，而是沉重的忧思。她眯着眼，偷偷观察着丈夫。

停了一会儿，李剑悄悄披衣下床，到儿子屋里去。莫如慧也悄悄披上睡衣跟在后边。她看见丈夫像刚才看她一样仔细观察着儿子，良久，丈夫悄悄抽身退回。她闪到一边，见丈夫去了凉台，独自仰望着星空，他整个人似乎沉浸在沉重的忧思之中。

她不免暗暗担心。三年前丈夫从武警部队调到 01 基地后，他似乎变了一个人，闭口不谈自己的工作。回家后他仍是那个很爽朗很阳光的李剑，但他的"阳光"不像过去那样是从内心生发出来的，因为一旦避开家人的视线，他的忧虑沉重就会浮出水面。她知道，丈夫的意志向来像弹簧钢板一样坚韧，那么，到底是什么事情能让丈夫如此沉闷呢？

她笑着从后面扑过去，蒙住丈夫的眼睛。丈夫微微吃惊，随后笑着揽住她，轻描淡写地说：

"睡不着，看看夜景。"

他已经换上了爽朗亲切的笑容。莫如慧拉他回到床上，一口咬定听见他在叹气。"你为什么发愁？是不是外边有了相好？要不，工作上有什么困难？你一定得告诉我。"

在妻子的死缠硬磨中，李剑一直笑着，取笑这些"女人的怪想法"。妻子总算被他哄安心了，枕着他的胳膊安然入睡。李剑则一直睁着眼，不敢惊动妻子，连胳膊发麻也不敢稍动。

在 01 基地的两年中，他觉得自己已经成了个极度的偏执狂。有时，他甚至担心妻儿是不是真的，甚至担心自己是不是真的。可是，这种担心能告诉妻子吗？

第2章

水星上的Ｋ星人

　　水星常年躲在太阳的光辉里，高傲地拒绝人类的窥探。这个星球和月球十分相似，表面到处是环形山和扇形的舌状悬崖，其中那座柯伊伯环形山直径达40公里，辐射纹延伸到100公里之外，还有一些长达100公里的大峡谷。水星的自转周期59天，公转周期88天，温度最高可达427℃，最低可到−173℃。没有大气。对于任何生命，这种条件都未免太残酷了。

　　几十亿年以来，水星始终保持着它的原始风貌，只有"雨海"从2042年7月30日之后变了。这儿又称卡路里盆地，是水星上最热的地方。盆地直径1300公里，有很多按同心圆分布的山脉和裂缝。就在同心圆的圆心处，赫然停着一艘式样奇特的庞大飞船，其大小相当于地球上的一艘航空母舰，外形很古怪，是由几个圆柱形和圆锥形横竖对接而成。这正是卡普先生矢口否认的那艘 K 星飞船。

飞船处于一个巨大的力场之内。这层无形的半球形墙壁圈闭了一腔大气，成分同地球大气类似。在周围的真空背景下，这个透明的半球宛如一个低倍数透镜，使周围的景象略有畸变，并随着空气透镜的微微波动而波动。

半球之内保持着水星原来的地貌，半球之外却变得满目疮痍。环形山被削平了，核火焰熔融了岩石，形成一层光滑的地壳，较浅的裂缝已被填平。地球政府曾对这儿进行过一次秘密的偷袭，动用了地球上最强大的武器。结果，10 艘 KF 型太空巡洋舰全部葬身水星，它们的残骸散落在半球形力场之外的"雨海"周围。

K 星飞船却安然无恙。由于核爆是在水星位于太阳背后时进行的，地球民众对此一无所知。

核袭击是两年前的事了，现在这里恢复了往日的死寂，只有一圈眼睛冷漠地注视着死寂的旷野。一圈眼睛，共 8 只，它们属于同一个个体：一个有 10 万岁的 K 星人。卵圆形的大脑袋下是四支灵活的腕足。这一切又包容在一个柔软的圆形卵泡内。

卵泡蠕动着，慢慢飘浮起来，移到飞船外面，K 星人的

8只眼睛仰望着空中。在力场之外的真空中，忽然出现了一个奇异的小洞，七彩光环从洞中吐出来，一波接一波，又有强劲的辐射光柱从环中穿过。然后，突然之间，有一具地球人的躯体从时空虫洞中坠落下来，平稳地落在半球形力场上，在他四周弥漫着惨绿的光雾。

K星人用思维波打开力场。那具躯体穿过无形的墙壁，平稳地落在一个高台上。随之，从飞船内伸出一个庞大的吸管，停在躯体的上方。随着均匀的嗡嗡声，躯体周围的光雾越来越浓，那是由这具身体气化形成的。然后，光雾被吸管吸入，形成漏斗状的光流。光雾消失后，躯体也消失了，不留一丝痕迹。

片刻之后，光雾又从吸管处吐出来，堆积在高台上，越来越浓，最终还原出一具完全相同的躯体。那团轻淡的绿雾仍裹着他，让他慢慢浮起来，通过力场之壁飞到天上，又返回那个奇异的时空虫洞。

这人仍将回到他被摄来的地方。在水星上经历的时间对于他是不存在的，只有被摄入光洞——被光洞吐出这段时间会在地球时空系统中反映出来。如果他带有手表或手机，其上的时间就会慢两分钟。K星人很清楚这一点，如果他不想让地球人察觉，就会把被复制者的手表拨快两分钟。

K星人目送这具躯体消失，操纵着柔软的卵泡回到飞船里。

第3章

1分48秒

01 基地位于秦岭山脉的深处，离首阳山不远。这儿山势险峻，人烟稀少，山坡上长着各种杂木，挂着红果的柿树点缀其间。溪水蜿蜒处偶见几幢农舍。

基地藏在一座山腹中。警卫向首长李剑行了军礼，但仍然一丝不苟地对他进行了全套检查：指纹、声纹、唇纹、瞳纹、脑纹、DNA 分析及密码核对。

李剑认真地配合着警卫的检查，只能把感慨藏在心底。基地里只有极少数人才知道，这些检查多半是一种心理安慰。迄今为止，他们仅捕获到两名 K 星复制人间谍的尸体——他们只有死后才会暴露身份。对这两具尸体，除了脑纹、声纹和密码不能核查外，其余四项都做过核查，检查结果与其储存在电脑档案中的资料一模一样！

那么，按照合乎情理的推测，其余三项的检测应是同样的结果。有时连李剑这样钢铁神经的人也难免悲观，K星人的科技水平远远超过地球。与K星人的抗争就像是徒劳地往山上推那块注定要落下的西西弗斯巨石。

七项检查完毕，警卫露出微笑："请进，上校同志。"他压低声音，"嫂子给捎的什么礼物？"

李剑笑着敲敲他的脑袋："下岗后到我住室拿。"

他没放下手提包就到办公室去了。他知道"思维迷宫"研究已接近成功，试验马上就要开始，在这个时刻更要百倍警觉。在"思维迷宫"小组的办公室内，他没有看见那几名主要成员。他问助手张昌中尉：

"莫尔他们呢？"

小张高兴地说："上校你回来了？试验就等着你哪。莫尔他们六个人今天乘飞碟去011基地做最后一次检查。"

李剑皱起眉头："乘飞碟？"

"当然。坐汽车太困难。"

"六个人一艘飞碟？"

小张觉察出了李剑的不安，惴惴地说："对，是那架'天使长'号。你知道它是最安全的，永不会坠毁。"

"他们走了多久？"

"10分钟吧，已经快到011了。"

李剑立即赶往雷达室。他的副手、日本人三木正治正严密注视着雷达。屏幕上那个小绿点平稳地掠过一座座山脊。三木正治看见他，点点头，仍不转眼地盯着屏幕。

李剑想自己的担心是过虑了。三木是一个严谨细致的助手，他安排六人同乘"天使长"号也有道理。因为这种新式飞碟有一个最优异的特点：由于它特殊的空气动力学形状，即使在空中完全丧失动力，也能"飘飘摇摇"地安全降落。但不知为什么，今天李剑心中有种强烈的不祥感，那就像一个刀口在心中霍霍跳疼。

小绿点掠过一道山脊，忽然缓缓下落，在雷达上消失了。李剑和三木担心地对视一眼。飞碟消失并不奇怪，它下落到山脊后就进入雷达盲区，问题是它不该随意下降的。李剑没有犹豫，立即拨通了反K局的热线电话：

"伊凡诺夫将军，请立即命令卫星监视03-11号区域！"

不过在卫星图像传来时，"天使长"号飞碟已浮出山脊，重新出现在屏幕上。然后它一直安静地滑行着，直到降落在011的停机坪上，011也随即送来了"安全抵达"的信号。

飞碟在屏幕上消失的时间总共不超过两分钟，李剑让雷达员把图像重播一次，他看着手表计时。精确地说，飞碟消失了1分48秒,而一般K星人从时空隧道劫持人类总有两分钟以上的时间缺损。再者,这次飞碟是缓缓下降而不是突然消失,也不像是落入时空隧道的景象。

电话中传来伊凡诺夫的声音:"李剑,有什么问题?"

李剑平静地说:"没什么。飞碟有1分48秒进入了雷达盲区。我会认真查证的,请放心。"

"好的,尽快查证。家里都好吗?我让你给小莫和小豹头捎的问候,你捎到了吗?"

"当然,我哪敢贪污呢!再见。"

他放下电话,叹口气,对三木说:"你留在这里,我去查证一下。你不必担心,这只是预防万一。"

他随即驾驶一架小巧的蜂鸟型单座直升机,沿着飞碟的飞行路线向011基地飞去。

"天使长"号飞碟是2039年的最新产品,外形像个下圆上尖的斗笠,有一圈明亮的舷窗。它的内部很宽敞,飞起来平稳无声。当它轻灵地掠过一个又一个山顶时,六名科学家凭窗眺望着下面的秋景,心中十分兴奋。两年来,他们几乎与大自然隔绝了。作为对K星技术的知情人,他们时时陷于深深的恐惧,这恐惧又鞭策他们夜以继日地工作。现在,他们的工作快要结出果实了。

机身下是一片浓绿。山峦起伏，溪水蜿蜒向南，汇成一条小河，小河又结出一个宁静的湖泊。飞碟飞近湖泊时，驾驶员略作停留，扭头说：

　　"看，这儿多漂亮！"

　　小湖漂亮极了，就像一块异形镜子镶嵌在绿色天鹅绒上。湖边只见一家农舍，炊烟袅细，直直向上，随后轻轻抖动着，弥散于晴空。在21世纪的现代文明中，这幅古朴的风景画格外令人流连。几个科学家央求说：

　　"喂，把飞碟下降一点，让我们仔细看看。"

　　在一片老陈、先生、陈哥的呼叫声中，满脸胡子的驾驶员陈汉杰略微犹豫，笑着推下驾驶杆，让飞碟熄了火，自由下落，一直到离湖面只有百十米处才停下。湖水清澈无波，偶尔有鱼的翻花。岸边是茂林修竹，柿树在绿丛中点缀出几点红色。农舍主人显然发现了天上的不速之客，走出院门，手搭凉棚笑嘻嘻地仰视着。他看见飞碟随之喷出蓝色的环形火焰，倏然向上，很快消失在一个七彩光环里。

　　"天使长"号刚刚降落在011基地，李剑的直升机跟脚就到了。在实验室里，他兴高采烈地同六位科学家见了面，首先同年纪最大的莫尔教授握手，用英语说：

　　"你好，莫尔教授。"

"你好，李。你到北京办理公务吗？"

"对，顺便见了见妻子。"

"真羡慕你啊，我们可是被禁闭两年了。"

"快了，快了。只要把思维迷宫搞成，你就可以回家拥抱夫人了。"

他随即用日语问候45岁的犬养次郎。这个日本人身材短小，终日面色冷漠，不大合群。一般人认为这是因为他的克隆人背景，因而对自然人有天然的排斥感。

"你好，犬养君。实验工作很顺利吧？"

"很顺利，我想很可能你要买几瓶人头马了。两年前你答应过的。"

李剑笑着说："我非常乐意，即使花光我半年薪水。"他走过去同韩国人金载奎和亚美尼亚人阿巴赫握手，用英语说：

"你们在屏幕上消失了两分钟，把我吓得够呛，所以跟脚就赶来了。是怎么回事？"

金载奎略略回想，立即释然道："一定是那两分钟的下降，飞碟进入了雷达盲区。我们都想看一看那个无名的山间小湖，太漂亮了。"

李剑同安小雨和夏之垂握手时威胁地说："谁的主意？把我吓出一身冷汗。这个始作俑者，我一定要查出来，罚他……怎么罚呢？罚他替我买人头马吧！"

大伙都笑了，说这个案不好破，当时几乎是异口同声。最后认定犬养先生和莫尔先生可以排除嫌疑，因为他们不会说中国话；安小雨的嫌疑最大，她是唯一的女性，而女性素来是好奇心最重的。安小雨笑着默认了。李剑笑着同大家告别，又返回头说："喂，对一下手表，我的表停摆了。"

六个人的手表都异常准确，下午 4 时 32 分 18 秒，误差在 1 秒之内。

只有驾驶员的手表比大家的慢了 1 分 48 秒。这个陈大胡子嘟哝着："这只破表！它是老式的机械表，不过一向走得挺准的。"

"我下次出差回来送你一块新表，你那个老古董就扔了吧！"

"谢谢啦！"

六名科学家开始工作。他和驾驶员走回飞碟时问："是谁第一个提出让飞碟下降的？"

陈大胡子听出了不祥之音，小心地说："我记不清了，好像是金载奎？他用汉语喊的'先生'比较'别扭'，我印象比较深。"

"不是安小雨？"

陈大胡子凝神想想，说："不是吧，这个调皮姑娘喊的是'胡子大哥'，但肯定在金载奎之后。"

"有没有什么异常情况？"

"没有，飞行完全正常。"

陈大胡子惴惴不安，又十分不解上校为什么对 1 分 48 秒的雷达盲区如此敏感。李剑在心中叹息一声，终止了对驾驶员的询问。除了极少数知情者，01 基地的多数人员并不完全了解局势的严酷性，不了解 K 星人会随时从时空隧道劫走一个人，又随之送回一个完全相同的复制品，而仅有的蛛丝马迹是偶尔会出现两分钟的时间缺失！

可是，为什么其他六人的钟表完全正确？难道 K 星人把六人的手表拨快以弥补时空隧道的时间缺失，独独忘了对驾驶员如法炮制？

最大的可能，是陈大胡子的手表本来就慢了 1 分 48 秒。但是，1 分 48 秒，正好是出现雷达盲区的时间，这个巧合未免太巧合了啊！

李剑随即赶到那个无名的山间小湖，他顾不上欣赏风景，立即开始对农舍主人的询问。原来，农舍主人并不是一个普通农夫，他复姓司马，是一个反现代主义者，躲进深山来避开文明的喧嚣。他有着浓厚的文人情趣，穿着对襟短褂，布底鞋，气态闲适，思路清晰，这使李剑对他的证词格外看重。司马用标准的北京话说：

"对，我看到那个飞碟曾在湖面上空短暂下降，大约两分钟吧，随后就升高并离开了，消失在一个奇异的光洞里。"

李剑浑身一震，急急问道："什么样的光洞？"

"很难描述，它突然出现在蓝天上，从里面射出强光，有七彩光环一圈一圈吐出来。持续时间很短，十几秒吧，非常漂亮，真是大自然的天造地设！你们那架飞碟就是在光环的背景下消失的，看起来就像是钻进光洞了。"

李剑紧紧追问："光洞是什么时间出现的？"

"大约是下午四五点钟。我对时间从来不敏感。你知道，我过的是日出而作、日落而息的生活，我家中摒弃了任何一种钟表。"

李剑没有闲心去领会司马先生的雅趣，告别了司马先生，他驾着小"蜂鸟"掠过湖面，看着炊烟在柳荫之后袅袅升起，心中沉甸甸地想，某种可怕的事情一定是发生了。其实，他心中早就有了预感，而一天的奔波只是对那个预感的求证。

第4章

于平宁的梦

小饭店里人声鼎沸。于平宁独自倚在窗前，把白酒一杯一杯往肚里灌。工作期间他是从不喝酒的，因为"工作就是有效的麻醉剂"。但在休假期间，他需要用酒精来麻醉自己，冲淡对妻女的刻骨思恋。

已经三年了。

酒店依水而建，一带白水在这里迂回宛转，汇成一块水面宽阔的小湖，这就是李白歌曰"白水弄素月""江天涵清虚"的白河，水波潋滟，柳丝依依，时有空明的笛声滚过水面。

于平宁今年35岁，身材颀长，肩膀宽阔，面部棱角分

明，鬓边有一绺十分耀眼的白发，五官端庄威严，但额角直到鼻梁有一条很显眼的伤痕。今天他穿着一件半旧的灰色夹克衫，敞着领口。三年前，他参加了世界刑警组织西安"反K星间谍局"（圈内人常简称"反K局"），由于工作出色，已从一名无军衔的民航驾驶员晋升为上校。每逢短暂的休假，他都要回到家乡古宛城。这儿已经没有亲人了，他常常独自到那些烟雾腾腾、酒气汗臭混杂的小酒馆里打发时光，寻找一些儿时的记忆，把"自我"再描涂一遍。

反K局严酷的工作已使他逐渐失掉了自我。

快把一瓶白酒灌完时，腰间的可视电话响了，是局秘书新田鹤子的头像。这个漂亮的日本女子三年来一直痴狂地爱着他，如果不是妻女在心中留下的阴影，他也许早就接受鹤子的爱了。鹤子恭恭敬敬行着鞠躬礼，说：

"于平宁君，你好！"

于平宁仍沉浸在对妻女的思念中，不愿鹤子在这时插进来。他低声喝道："休假期间不要打扰我！"

鹤子在屏幕上连连鞠躬，就像阿拉伯魔瓶里关着的小精灵，她焦急地说："请不要关机，是伊老板找你！"

伊老板是指反K局局长伊凡诺夫将军。这个俄国佬古板严厉，严厉得近乎残忍，但他为人刚正，处事公平。于平宁自参加反K局以来一直在他的手下，两人私交很好。这次伊老板亲自来通话，看来确实有急事，他的休假要提前结束了。

屏幕上出现了着便装的伊凡诺夫将军。他难得地微笑着，用流利的中国话说："很抱歉打扰了你的休假，请尽早返回。"

于平宁点点头，关了手机。

又一群顾客进入酒馆。这是一群嬉皮士，火红的头发，刺青的皮肤，边走边旁若无人地吼着歌。酒店的人见多不怪，仍自顾猜拳行令。女侍们穿着超短裙，脊背裸露，在人群中穿行着。有时一个酒鬼在她们身上捞摸一把，激起一声笑骂。窗外，月亮岛上的激光广告异彩纷呈，漂亮的霓虹女郎向行人抛着媚眼。于平宁忧郁地看着这一群芸芸众生，多少有些羡慕。这些人无忧无虑，不知道人类与K星人的战争已迫在眉睫。从三年前K星人就对地球展开了间谍战，并且越演越烈，这预示着战争之神已经日益逼近了。但世界政府对此一直严格保密，他们怕造成全球性的恐慌。

这种担心并不是多虑。试想，如果有一天你得知你的上级、同事，甚至父母、妻子、儿女都有可能是K星人制造的复制人，他们与原型一模一样，与你融洽相处，卿卿我我，但却伺机想咬断你的喉咙。那时，你对这个世界的信念还能保持么？

全世界只有近百人了解真相。他们都是神经最坚强的人，守口如瓶，默默扛着这副极为沉重的枷锁，这副本该50亿人共同扛负的枷锁。于平宁就是其中之一。

不是胜利，就是死亡，或者……疯狂。

于平宁结了账，给女侍留了100元小费，步履踉跄地出了酒馆。门外的凉风使他清醒了，他在停车坪中找到了自己的风神700，用遥控打开车门，在拥挤的车辆中艰难地倒出去，然后直奔宁西高速公路。

风神700是十堰汽车有限公司2035年的新产品，高能电池的电力驱动，时速400公里，续行里程1500公里，有自动导航和防撞功能。不过，他没有使用自动导航。他从中学起直到当了民航驾驶员一直酷爱运动，拳击、冲浪、攀岩、散打……样样精通，手动驾驶时速400公里的汽车更是一种乐趣。

沿着宁西高速公路一路西行，过了西峡、西坪、商南，路边是逶迤的秦岭山脉，很快出现了巨大的公路隧道。他的记忆深处又开始尖锐地刺疼起来。

已经三年了，但每当走到这里时，他仍感到啃啮心肺的剧痛。三年前，那时他是中国民航的驾驶员，假期中带着妻子何青云和女儿青青去西安游玩。他从家乡出发，行到此处时已近黄昏。血色残阳渐隐于群山，路灯已经闪亮。忽然前边山口处的天空上出现了一个光洞，洞中一道青色光柱套着一个个光环，七彩闪烁，十分迷人。一个斗笠状的飞碟从洞中钻出来。他们立时想到新闻界炒得沸沸扬扬的"不明飞船抵达水星"的消息。后座上的妻子和女儿兴奋得欢呼起来。常看科幻影片的女儿青青唱歌似地喊：

"这是飞碟，这是宇宙虫洞。E·T来地球了！爸爸快开过去，我要看它！"

她拍着小手在座位上蹿跳，妻子笑着按住她，为她拴好安全带。于平宁在后视镜上看到了这一幕，它成了妻女的遗照，从此永留心中。之后路灯突然熄灭，汽车也突然失控。他立即猛踩刹车，但刹车失灵。那个刹那的感觉是汽车已经离地，被一股强劲的力量吸向空中。他随之觉得天旋地转，陷于昏迷。失去操纵的汽车从悬浮状态落下，冲过护栏，撞在隧道口。

在这场车祸中，只有于平宁捡了一条命，但身上脸上留下十几道伤痕。妻女火化前，浑身缠满绷带的于平宁不顾医生劝阻，来到停尸房，在那儿守了一夜。那两具焦黑的残缺不全的身体，就是笑语盈盈的妻子和妙语解人的女儿吗……第二天早上，同事们拉走了石像般的于平宁，发现他额边新添了一绺耀眼的白发。

世界政府非常重视这件事，派了一个精干的班子来处理，由一个俄国人伊凡诺夫带队。伊凡诺夫测试了于平宁的神经系统，发现他的意志十分坚强，观察力很敏锐，便详细记录了他的证言。他告诉于平宁，K星人是一星期前抵达水星的，看来他们并没有打算正正当当地拜访地球。不久前，曾在几处发现飞碟，行迹飘忽鬼祟。由于它们对雷达基本是隐形的，所以极难发现。这是首次发现他们通过时空虫洞来劫持地球人，虽然这次没有成功。

伊凡诺夫苦笑着说："地球政府已经在准备着隆重欢迎外星文明使者的光临呢，但显然他们不是来做客的。"

在那之后，新闻界关于K星飞船的报道迅速降温了。几天后，反K星间谍局匆匆成立，直属于世界政府，对外严格保密。伊凡诺夫打电话问他愿意不愿意参加，于平宁毫不犹豫地答应了。他舍弃了待遇优厚的驾驶员工作，只带着盥洗用具来反K局报到。

他的酒劲开始上涌。今天喝得太过量了，如果事先知道要赶长路，他不会放任自己酗酒的。他长舒懒腰，迅速抓握手指，让骨节啪啪脆响。这是他的习惯，是消除疲劳的一种办法。然后他把挡位切换到自动导航挡，目的地定在西安，汽车根据卫星信号自动行驶。

天已黑了，高速公路上车流如潮，大灯和尾灯组成一白一红、逆向行驶的两条河流。于平宁把驾驶椅放倒，扎牢睡眠安全带，很快进入了梦乡。他梦见了妻女，她们在欢快地叫喊，一道光柱穿着七彩光环向她们压来，漂亮的光环在梦中显得怪异可怕，就像一条窥伺猎物的金环蛇。他想冲出去拯救妻女，却被魇住了，手脚不能动，直到光柱把他吞没……

醒来时已到临潼了。路旁的广告牌闪烁着字幕："让华清池的温泉洗去你的千里风尘"！睡了这一大觉后他觉得精神焕发，有一种勃勃的新鲜感。但他随即回想起那个梦境，目光顿时阴沉下来。

那个梦境隐喻了他们的处境。在K星人的高科技间谍手段下，地球人几乎是无能为力的，就像手握石器的尼安德特人同坦克作战。反K局只有以十倍的果决、百倍的献身，才能勉强维持一种苟安局面。

有时于平宁不无悲伤地想，反K局简直就像第二次世界大战中的神风特攻队，是一群只问奋争不问成功的自杀勇士。所以，反K局的行事残忍，无法无天，也就可以原谅了。

他在晚上12点钟赶到位于西安西北阿房宫遗址的反K局办事处，休息了一夜。第二天一早换乘直升机直飞西南方的深山中。反K局总部和特别行动处设在一起，位于一座掏空了的山腹，离太白山不远。警卫对于平宁做了严格的安全检查，说：

"欢迎上校同志，局长在办公室等你。"

新田鹤子一看见于平宁，立刻惊喜地站起来。她身材娇小，眼睛很大，月牙眉，似乎永远带着笑容。她以情人的目光欣喜地看到，今天于平宁肤色光鲜、眼睛熠熠有神。她向于平宁鞠了一躬，低声说：

"局长在屋里，一直在盼着你呢。"

于平宁从一双殷殷目光中读出了她本人的期盼。他揽过鹤子，在她额上印了一吻，鹤子脸红了，心中甜丝丝的。

伊凡诺夫是个大块头，头发已经花白，但脸色红润，手掌坚硬有力。他在给小于回礼时颇感欣慰，这次于平宁气色很好，像"新摘的葡萄一样新鲜"。往常可不是这样，在酒缸里泡了一星期后，他总是显得烦躁颓唐，要两天后才能恢复。反K局超强度的、生死不容一发的工作，使所有人都处于精神崩溃的边缘，他们只有在短暂的假期里喘口气，在海滨、滑雪场得到松弛。只有这个于平宁，每逢假期就把自己禁锢在对妻女的怀念中，他的思念历经三年而不稍衰。伊凡诺夫也是一个老派人，注重家庭生活，所以他对于平宁的假期酗酒从不多指责。

于平宁的工作也的确无可指责，在假期中积聚的对妻女的思念和对K星人的仇恨，会转化成无尽的工作动力。

屋内还有一个人，便装，黑发，身材颀长，个头和他差不多，肩膀宽阔，衣着整洁合体，正含笑看着他。于平宁走上去，亲切地捶捶李剑的肩窝。反K局有三个大的下属单位，三足鼎立。一是特别行动处，由于平宁负责；二是01基地，安全工作由李剑负责；三是快速反应太空舰队，由祖马廖夫负责，那儿有10艘太空飞船，可以在10分钟点火升空，飞向水星执行攻击行动。在发现了K星人的狼子之心后，地球政府曾组织了一次极为机密的偷袭，可惜全军覆没。此后，地球政府又倾全力装备了这种更先进的KG型飞船，做好一切准备，但始终按兵不动。

囿于严格的保密限制，三个单位之间互相的接触不多，但"三剑客"是神交已久的朋友。将军说："事态紧急，李剑上校开始介绍吧。"

李剑简明扼要地介绍了事情经过，讲了1分48秒的雷达盲区；讲了驾驶员手表正好1分48秒的迟慢；还有目击者描绘的光洞。伊凡诺夫插话说：

"另有三个山民和旅游者提供了证词。他们说没看见我们的飞碟，但看到了那个光洞，他们的描绘与那位山中隐士的描述一模一样。"

李剑沉闷地说："几点异常加在一块儿，促使我们不得不采取行动，所以将军把你召回来。我已暂停了01基地的试验，对那六人的遁词是接到了不利于实验的情报，要进行一次安全检查。"

于平宁怀疑地说："K 星人会犯这样愚蠢的错误？他们难道独独忘记把驾驶员的手表拨快 1 分 48 秒，以补回时空隧道中的时间缺失？"

李剑苦笑道："我和你有同样的怀疑，但 01 基地的重要性不容我们有丝毫侥幸之心。从另一方面看，K 星人偶尔的疏忽也并非不可能，尽管他们的文明高得不可思议。人类在管理猴群时不是也会忘记锁笼门吗？当然也可以假设只有驾驶员被吸进时空隧道，但我想不大可能。K 星人不会放过六名杰出科学家而去劫持一名普通驾驶员的。那么，有可能是这样的情况：K 星人劫持了全部的七个人，但实际上他们的预定目标只有六个，复制者也只有六人，于是他们恰恰忘了把第七个人的手表拨快。"

于平宁把他的话又梳了一遍。李剑的推理远远说不上圆满，有一些环节比较牵强，但 1 分 48 秒的巧合及多个证人证实的时空虫洞都是难以忽视的疑点。在他的第六感官上，一个警告灯开始急促闪亮，告诫他危险已经临近，而他的直觉向来是准确的。他说：

"好吧，我来确认几点。第一点，你们怀疑'天使长'号飞碟上的七人被劫持，七人中肯定有人被掉包？至少一个，也许是六个。"

伊凡诺夫和李剑互相看看，坚决地说："我们是这样认为。"

"第二点，你们认为这些被复制者是第二代的，即白皮白心复制人？"

"对，正如你所说。K星人过去劫持地球人后，送回来的是一个模样相同但意识不同的假冒者。咱们辨认这种白皮黑心的间谍已经不困难了，也果决地处死了一批。于是，K星人改变了策略，现在他们送回来的是白皮白心的复制者，与原型一模一样。不仅外貌，连内心也一样，包括童年的隐秘记忆，对亲人的挚爱以及对K星人的仇恨。当然，如果真的相同，K星人就不会费力去干这件事了。复制者在意识深处藏有一个K星人指令——比如说，窃取01基地的成果并摧毁这个基地。复制人会锲而不舍地朝这个方向前行。但是，"他阴郁地强调，"这个目的是潜意识的，复制人本人并不知道。就像大马哈鱼按照冥冥中的指令向生殖区域回游，就像婴儿懵懵懂懂地吃奶。而且，当复制人执行这条指令时，他会找出种种理由，作为地球人认为正当的种种理由来为自己的行动辩解。因此，即使把他们送入最先进的测谎器下考验，也不会露出破绽。只有在造成既成事实后，这个间谍才会暴露，不过对我们来说为时已晚。01基地正在开发新型测谎设备，但还不能投入使用。我们只知道某处有炸弹，却连定时器的嚓嚓声都听不到。"

他描绘的阴森图景令人不寒而栗，三个人都面色阴沉。

于平宁苦笑着说：

"你的话几乎让我很同情这些第二代复制人。他们在为 K 星人毁灭地球，但至死还认为自己是在为地球尽忠。"

伊凡诺夫阴沉地说："没错。愈是这样才更危险。"

"第三点，让我干什么？"

李剑看看将军。伊凡诺夫简单地说："你去找到他们，尽量加以甄别，然后把复制人就地处决。"

那条环节怪异的光蛇，杀死他们！……于平宁冷笑道："让我一个人去区别真假猴王？我是地藏王脚下的灵兽'谛听'？你们把这颗热栗子推给我，叫我承担误杀好人的罪责。"

伊凡诺夫平静地说："罪责由我承担。我们既无法准确区别，又没有理由关押他们。但是，一旦某个复制人隐藏在 01 基地，就能轻而易举地破坏它。从种种迹象看，K 星人发动战争的日子已屈指可数了，而在 01 基地的研究成功之前我们只有狠下心肠。反 K 局里不适用无罪推定的法律准则，我们是采取有罪推定——对可能是 K 星间谍的人，只要找不到可靠的豁免证明，就一律秘密处决。"他对于平宁闷声说，"我给你下一个处决七人的手令。这样你就没有责任了，相反，只要你能区别出一个无辜者，就算是你的功德。"

于平宁不再说话，他知道老伊凡诺夫从本质上讲并不是残忍嗜杀者，是严酷的事态逼迫他违犯本性。那些怪异的光环在眼前飞舞撞击，散发出一片惨绿的光雾。仇恨在心里逐渐膨胀。杀死他们！……于平宁闷声说：

"驾驶员我不管。"杀死一个普通的驾驶员不在我的使命之内。

伊凡诺夫望望李剑，颔首道："好吧。他的身份不一样，可以长期关押。"

"六个人都在基地吗？"

李剑说："不，在基地里处决他们震动太大。将军和我商定，给六个人一个短暂假期，借口是基地要做一次安全检查。我有个想法，当他们处于基地之外的环境中，也许更利于你的甄别工作。这是六个人的国籍、家庭电话、地址和照片。"

于平宁接过纸条，上面有五男一女，其中一个亚美尼亚人，一个日本人，一个韩国人，一个美国人，两个中国人。"我先从美国人开始，最后解决国内的。让自己的同胞多活两天吧。"他苦涩地说。

三个人又商议了一些具体事项。李剑告诉他，01基地的科学家都有一个护身符，是嵌在皮肤里的微型电子装置，可以用卫星定位系统寻踪，持有者也可摁压它，向卫星发出求援信号，所以追踪他们十分容易。"这件事实在讽刺，它本来是保护科学家安全的器具，现在反过来使用了。"李剑苦笑道。

伊凡诺夫说，这次行动代号为"核桃"，除了世界政府

的少数知情人外，对各国政府都保密，"因此，你不能指望各国情报部门的配合，相反还要时时提防他们，提防新闻记者。另外，进出国境时你不能携带武器，只能就地解决了。"

"没有问题，我去找武器黑市。"

伊凡诺夫给了他1万美元、1万元世界共同货币，还有一个信用卡："这个信用卡可在任何银行兑换现金，金额没有限制。"

于平宁接过现金和信用卡，问道："如果六个人都被处决——我是说假如——难道不会影响01基地的那项研究？"

李剑苦笑道："哪能不影响？但总比混进一个K星间谍好。01基地早就为这几个科学家配了B角，正是防备不测事故。再说，那项研究已经接近成功了，所以影响不是太大。"

三个人临分手时，李剑紧紧握着于平宁的手："将军对你评价极高。我真心希望你用非凡的直觉，从六个待决犯中甄别出几个无辜者来，多少减轻我的自责。当然，甄别结果要绝对可靠。"他随即补充道，"我知道这几乎是不可能的，所以不要把我的话看成要求。我只是在淌几滴鳄鱼的眼泪。"

他的声音沉闷，忧伤和自责十分真诚。于平宁没有说什么，同他再次握手。将军亲自送他到门口。老人微带伤感地说：

"小于，我快要退休了，是我自己要求的。我的思维已经迟钝，不能胜任这项工作了。小于，好好干。"

他没有说他已经建议上司破格提升于平宁，接任他的位置，但于平宁听懂了他的暗示。他把感动藏在心底，默然同老人握手，拉开房门。

一走出将军的房门，他就把沉闷的情绪收藏起来。他只想让下属看到一个冷静自信的于平宁。将军的机要秘书刘若红正在与新田鹤子闲聊，两人在咯咯地笑，看见于平宁出来，刘若红眼睛一亮，问："上校阁下，你度假回来了？这里有人想疯啦！"她看看鹤子，大笑起来，随后又关心地问，"又要出去？"

于平宁含混地说："一个短差，很快就回来。"

刘若红抿嘴一笑："好，不打扰了，我要给将军送文件呢。"

鹤子定定地看着他。她知道于平宁每次外勤都是去赴死神的约会。他笑容轻松地从这里走出去，很可能就不会再回来，所以她的爱情中多了一份母爱。于平宁把她揽过来，准备像往常那样同她吻别，但鹤子推开他，突兀地说："你还从来没有请我去家里作客呢。"

于平宁略有些吃惊，随即笑起来，知道自己这回不能再逃避了。他从钥匙串上取下公寓的房门钥匙，递给鹤子：

"呶，给你。你先去吧，我处理一些公务后才能回去。"

等于平宁回家时，小小的公寓已经变了。一个男人的房间未免刻板沉闷，鹤子给屋里加了一些小小的点缀，一串风铃、一盘吊兰、一盘疏密相宜的文竹，屋里的气氛顿添几许温馨。鹤子正在厨房里忙碌，探头说了一句："你不用进来了，饭菜马上就好！"于平宁在厅内踱步，欣赏着鹤子的匠心。他忽然看见君子兰下多了一幅镜框，是妻子和女儿早年的照片，女儿刚过周岁，憨态可掬。妻子斜着身子望她，目光中尽是爱意。这些年他把妻女的照片都收藏起来了，免得睹物思人勾起悲伤。这会儿鹤子把照片摆出来，是想让他同过去作个告别。他捧起镜框，为鹤子的用心缜密而感动。

鹤子在餐厅摆好饭菜，唤他吃饭。于平宁笑着问："你从哪儿找到的照片？"

鹤子笑道："女人只要有心，没有办不到的事。吃饭吧，我做了两个日本菜、两个中国菜，不知合不合你的口味。"

饭桌上，于平宁对生鱼片、虾子冬笋、麻辣豆腐及寿司米饭赞不绝口。鹤子不怎么动箸，只是含笑看着他。她新浴过后，云鬟蓬松，酡颜晕红，于平宁有些不能自持了，他忽然发现：

"怎么没拿酒呢？"

"不，我不想让你喝酒，我希望你从此戒了它。平宁君，"她一字一顿地说，"希望你能从丧妻失女的哀痛中解脱出来，找到新的爱情，也从此远离酒精的麻醉。这是对尊夫人的最大安慰，相信她的在天之灵肯定会赞成我的话。"

于平宁感动地把鹤子揽入怀中。

第5章

老莫尔

记者蒂娜·钱自那次电视辩论之后，一直滞留在西安。这个十三朝古都有她看不完的人文景观。她游览了大小雁塔、碑林、兵马俑博物馆、汉唐皇陵、秦王陵、半坡博物馆。又把陕西的土特产像水晶柿子、陕北红枣、手绣的兜肚等，大包小包拎回宾馆。

这天，她在西安特有的城墙公园上转了一圈，回到下榻的阿房宫饭店。下午 5 点钟她接到一个男人的电话：

"是蒂娜·钱女士吗？我姓黄，很冒昧地想同钱女士见见面，不知能否赏光？我想肯定有你感兴趣的话题。"

蒂娜爽快地说："好的。在什么地方？"

那人笑道："敝人囊中羞涩，只能选一个鸡毛小店。我知道离你的下榻处不远有一家羊肉泡馍馆，门面不大，但味道不错，不比同盛祥差。怎么样？"

"当然可以，我很喜欢陕西的风味小吃。"

"好，我就在那儿恭候。"他详细说明了地址，挂了电话。

蒂娜沉吟着，不知今晚会有什么遭遇。她在西安滞留这么久并不是为游山逛景。《环球电讯报》早就听说有一个"反K局"的秘密组织，总部设在西安。它神通广大，行事残忍，但隐藏很深。主编想挖出这颗重磅炸弹，就派了父亲是中国人、会说流利华语的蒂娜·钱，借着对卡普先生采访之机来这儿挖掘。这些天她接触了一些人，但没有得到有价值的线索。

这位主动找上门来的黄先生会是什么人？她做了行前的准备，取下钻石戒指和金项链，连同证件和大部分现金存入旅馆。又在女式提包中装了一把0.22口径鲁格手枪，这才去赴宴。

在东门外一个小巷里她找到了那家小店，黑色招牌上写着"清真马家羊肉泡馍馆"，饭店不大，这会儿有七八个顾客。进门后，有一位中年人迎上来：

"是钱小姐吗？请这边来。"

来人把她引到角落里的一张桌子上。他衣着简朴，相貌也很"大众化"，45岁左右，额上皱纹很深。一双小眼睛非常聚光，时而光芒一闪，异常犀利。他请钱小姐先净手，然后要过几个烙饼，教她掰成小块，放入一个大碗。跑堂的在碗边夹一个号码，拿进灶间。黄先生笑着说：

"这是升斗小民的饭店，饭菜味道不错，价钱还算公道。不过钱小姐是吃惯山珍海味的，不一定习惯吧。"

蒂娜笑道："黄先生不要客气。我父亲就是西安人，我很喜欢西安的地方小吃。"

"是吗？其实西安很多小吃像羊肉串啦，涮羊肉啦，羊肉泡馍啦，都是从胡人那里学来的，是真正的异国风味。不过在中国这口大锅里泡了一千多年，反倒成了中国特色。"

闲侃几句后他进入正题："我们看了钱小姐与卡普先生的辩论，很佩服钱小姐的口才和执著，可惜你这次是隔靴搔痒。"他不客气地说。"你知道吗？你问的那些问题，其根子都在反 K 局，一个无法无天的半官方秘密组织。我们能肯定，近年来许多离奇失踪或神秘死亡都与它有关。据我们推测，所谓 K 星飞船并不是错误报导，并不是工作疏忽，而是有意为之，目的是为这个秘密组织打掩护。"

蒂娜小心地问："如果我的问题不犯忌的话，能否告诉我，你说的'我们'是指谁？"

黄先生抬头看看她："没问题，我可以如实相告。'我们'是警察系统的一个小小组织。很多有正义感的警官都对反 K

局忧心忡忡，他们也曾试图破获它，但是，"他苦笑道，"反K局显然受到非常有力的庇护，它的根子很深，深深地扎在世界政府内。我们只能眼睁睁看着这个秘密机构为所欲为。"

蒂娜怀疑地说："那位卡普先生，世界政府发言人，倒是矢口否认K星人的存在。"

黄先生鄙夷地说："那是什么样的否认？他故意造成一种扑朔迷离、既不完全肯定又不完全否定的态势，这正是对反K局最适宜的气氛。行了，我们不必互相试探了，我知道钱小姐一直滞留西安，不光是为了游山玩景和吃羊肉泡馍吧？"

跑堂的把羊肉泡馍送来了，黄先生暂停了谈话，两大碗泡馍散着浓郁的香味，黄先生说："请吧，边吃边谈。"

蒂娜吃了一口，称赞道："味道真好！"她看看黄先生，承认道，"对，我们报社也知道了这个组织，它很可能牵涉到一个世界性的阴谋。"

"那就让我们携手来干吧。据可靠情报，反K局一名骨干分子近日要去美国、日本等地，执行一项残忍的暗杀计划。我们会派人盯着杀手，钱小姐如果愿意的话，可以跟他一块儿。"

蒂娜爽快地说："我当然愿意。黄先生，你是否希望我公开报道事件进程？"

黄先生略为沉吟，说："当然，这正是我找你的目的。但

钱小姐不要过于天真，反 K 局根子很深，你的报道能否见报
都是问题，也许会有足够分量的人去找报社总编打招呼的。
不过，我们走着说吧。至于我们，将排除一切干扰独自干下
去。我们组织的名称是'血牙小组'，以血还血，以牙还牙。"

　　他的小眼睛射出冷酷的光芒。蒂娜开始感到担心，她从
"血牙小组"的名称里嗅到恐怖组织的味道。很可能黄先生他
们是一群热血汉子，被反 K 局的倒行逆施激怒，但以暴制暴
不是好办法。不过，她知道三言两语不可能说服黄先生，决
定以后再伺机处理。她说：

　　"那么就按黄先生说的，我先跟你们的人一块儿去，到适
当时机报道这件事。什么时候出发？和谁一块儿？"

　　"明天早上的班机。你的机票已买好。这位温宝警官和你
一块儿去。"

　　顺着他的目光，蒂娜看到窗口一张桌子上有个年轻人，
圆头圆脸，看起来像个孩子。他一边唏哩呼噜地吃饭，一边
漫不经心地扫视着窗外。黄先生微笑道：

　　"别看他的娃娃脸，他已在警察系统干够 10 年了。给，
你的机票。"蒂娜接过那个小纸袋，推开空碗。黄先生惊奇地
说："哟，这么大碗泡馍你给吃光了！看来你是真的喜欢家乡
的地方小吃，不是假客气。"

　　蒂娜用餐巾揩揩嘴，站起来笑道："衷心感谢黄先生的羊

肉泡馍，非常美味。下一次我在这里回请你。再见。"

　　于平宁从西安乘飞机到北京，当天又转乘中国民航到旧金山的波音 797 客机。北京机场的安全检查比西安严格多了，行李全部经过 X 光透射仪，旅客走另外一条通道，X 光会在大屏幕上打出你的投影，任何夹带都看得清清楚楚。过甬道后还有一道关口，面带微笑的安全人员要抽查一些项目。

　　于平宁倒没什么可担心的，他的身上行李中没有任何违禁品，署名盖克的护照也货真价实。检查员小姐对他的手表形可视电话略有怀疑，它的厚度较大，暗藏的天线形状也比较奇特。于平宁微笑着解释：

　　"这是最新型的，长寿命电池，可工作一个月以上。"

　　小姐没再说什么，把东西递还他，告诫一句："机上请不要使用。"

　　她不知道这种手表还是一个灵敏的无线电定位仪。过了一会，她在一个圆脸的年轻旅客那儿看到了同样的手表，这次她痛快地放行了。

　　于平宁的座位是 14A，临着窗户。他把小小的手提箱放在头顶的衣物箱里，调好头顶的通风口，静待飞机起飞。一个圆头圆脑的小伙子在这一排停下，笑着向他点头示意，拉开衣物箱门，把自己的小旅行包放进去。他忽然停住，看看座位上的编号，又掏出登机牌看看，嘴里咕哝一句："错了。"便取出旅行包，到后排去了。

于平宁的两位邻座都不健谈，他们向于平宁拘谨地点头招呼，然后坐下来，默默地看画报。这倒使于平宁免去了不必要的应酬，可以集中精力想自己的事。

途中他去了两次厕所，一次去前边，一次去后边。在来去之中，他把旅客的面貌都记在心里。这是他惯常采用的预防措施，如果以后在身后发现了某张熟面孔，他就会引起警觉了。他看见了刚才那个圆脸小伙子，正在同邻座神侃。他也看到一个黑发姑娘，皮肤和眼窝像是白种人，戴着耳机安静地听音乐。这些不经意的一瞥都保存在他非凡的记忆中。

出了旧金山机场已是夜里7点钟。他的联运机票已签过字，是第二天早上7点飞往休斯敦的航班。他要了一辆出租直奔华人区，在一家"四川"旅店里订下房间。40岁的老板娘是一个川妹子，用带着麻辣椒盐味的普通话喋喋地介绍本旅店的种种优惠。于平宁没有多停，匆匆安顿好就出门了。他知道附近有一家老牌的枪支商店，经营着合法的枪支买卖，但也兼做黑市生意。这儿街道很窄，人来人往，颇有一些中国内地的味道。只是商店门前大多摆有赵公元帅或关二爷的彩塑，这是国内不多见的。他在华人区的边缘找到那家商店，门面很小，这会儿没有一个顾客。店老板面色黝黑，像是拉美国家的人。看见于平宁，店老板微笑着迎上来：

"请问先生想要什么？本店货物齐全，从最先进的激光枪到老式的左轮枪都有。"

于平宁简捷地说："我要一把最安全的，没有登记枪号的普通手枪，带消音器。这是我购枪的证件。"

他把一个信封推过去，信封里是 1500 美元现金。店老板很快数了数，把钞票扫到抽屉里，压低声音说：

"我们有，请先生稍等。"他到里间取了一枝史密斯·韦森左轮，包括两匣子弹。"这种型号先生满意吗？"

"很好，就是它了。"

10 分钟后于平宁从商店里出来，向四周扫视一眼，朝来路返回。他在人群中消失之后，温宝和蒂娜从另一家日杂商店走出来。他们也到了那家商店，使用蒂娜的合法证件，用 95 美元买了一把普通的马格南左轮，还用 230 美元买了一具夜视望远镜。

休斯敦是一个现代化的航天城，城市十分干净，郊外保留着林区的原貌，一幢幢别墅从浓荫中探出来。于平宁用盖克的护照领了临时驾照，在"贝斯"租车行租了一辆福特轿车。从上午到下午 5 点钟，他一直悠闲地在市内参观。他乘坐游览车观看了约翰逊航天发射场，观看了"挑战者"号失事的影片和太空船的实物，又回到汽车里略微打了个盹，7点钟他驾车向城外开去。

温宝和蒂娜驾着一辆丰田远远地尾随其后。在北京上飞机时，温宝在于平宁的行李上贴了个信号发生器，现在，在温宝的手表形追踪器屏幕上，一个闪亮的小红点指示着于平宁的行踪。于平宁先沿10号公路一直向西，到塞金转由46号公路向西北，夜里10点钟到达昆尼湖畔。他在一个僻静处停下车，静静地守候着。温宝和蒂娜怕惊动他，把车停在500米之外的一个高坡上，用夜视镜监视着他的动静。清晨1点钟，他们看见于平宁的身影从汽车出来，向不远处一家庭院摸去。两人也屏住气息，远远跟着他。

于平宁轻捷地跃过栅栏。院子很大，几丛树影下是整齐的草坪，一台割草机停在中间。有条小径通向那幢半地下式的建筑，屋内灯光已熄灭，只有卧室里发着微光。房屋右边是一个由帆布围成的游泳池，水面映着星月，池旁是一架钢丝蹦床。从这些设施看来，老莫尔属于美国的中产阶级。

对于那件任务本身于平宁倒没放在心上。一个毫无戒备的孤立的别墅，一个65岁的宇宙生物学家，对于于平宁来说太容易对付了。他唯一的敌人是盘踞在内心深处的强烈的负罪感。他要杀的人仅仅可能是 K 星间谍，又根本没有办法甄别！

伊恩·莫尔，他咀嚼着这个名字。记得在杂志上看到过，欧洲的移民中姓摩尔的，大多是地中海黑皮肤摩尔人的后裔。几百年的同化已使他们忘了自己的祖先，仅在遗传密码里保持着摩尔人的特征。一位法国科学家在研究一种罕见的地中海血友病时无意追踪到了这个谱系。这是一个在现代文明中消亡的民族。

地球人会不会在某一天消亡在 K 星文明中？为了地球人的生存，暂时的残忍应该被原谅。如果我们的努力能使地球人类存在下去，后代会逐渐理解我们。如果不能……那就无所谓理解不理解了。

他摇摇头，摆脱这些烦人的思绪。忽然眼角的余光瞥见了一只蛇头，它探出在草丛之上，轻灵地点动着，微风送来蛇尾角质环轻微的撞击声，无疑这是美洲常见的响尾蛇。他没想到在庭院草坪中竟然还有响尾蛇，多亏及时发现，他的随身装备中可没有蛇药。

本来他可以绕行的，但他略微犹豫后悄悄侧身，在身边的树上折下一根树枝。试了试，树条足够坚韧。他把手枪换到左手，轻步向响尾蛇逼近。响尾蛇用颊窝中的热感应器测到了一个大动物 36℃ 的体温，它凶恶地昂起头，准备向前扑击。就在这时，于平宁猛力一抽，干净利索地把蛇头抽飞。蛇身在地上疯狂地弹动。

于平宁掏出手绢，擦去树枝上的指纹后扔掉。他欣慰地想，看来我没忘记当割草娃时练就的绝技。

他接近别墅的廊舍，听听没有动静，便取下戒指，用钻石戒面在玻璃上划一个圆，然后粘上几条胶带，用力一击，取下这块玻璃，伸手进去打开房门。他取出手枪，经廊房摸到主卧。莫尔夫妇睡在一张宽大的水床上，睡态很安详，两颗白发苍苍的头颅偎在一起。于平宁默默看着他们，头脑中不由幻化出妻子的睡姿。他轻轻绕过去，用高效麻醉剂喷入莫尔夫人的鼻孔。

随后他来到里间，在墙壁上找到保险柜的暗门。保险柜的暗锁是老式的，打开它只花了 3 分钟时间。他把里面的东西忽拉拉扒下来，任由它们散落一地。里面有一些文件，一些现金，还有两三个珠宝匣子。

老莫尔被里间的响动惊醒了。他是昨天上午回到美国的，老妻开车迎到休斯敦接上他。在久别重逢的亲热中，他一直不能克服内疚之情。因为，三年来的工作已使他养成了一种可憎的痼习：他会不由自主地审视着妻子，看她的言谈举止有没有可疑之处，以验证她是不是 K 星复制人！

她当然不会是，K 星人不会在一个偏僻乡镇的老年妇女身上下功夫，但那种顽固的多疑却无法根除。同事夏之垂曾说过一个中国典故，说中国古代干剑子手的人，即使与好友见面，也会先留意他喉结处的骨缝。那么，我也是在寻找妻子喉咙间的骨缝？

在这种内疚的折磨下，他对妻子格外体贴和温存。他不顾行途疲劳，修好了家里的割草机，又忙着修剪草坪。睡觉时他很疲乏了，但睡得并不实在。他梦见一个K星复制人悄悄走过来，手中举着手枪。但他担心的倒不是那个枪口，而是复制人的容貌——他怕那个复制人就是自己！……内间哗啦一声把他惊醒，他悄悄起身，看看妻子仍在熟睡，便没有惊动她。他从枕下摸出手枪，轻轻推开虚掩的房门。

内间没有人。保险柜门大开，钱物散落一地。未等他做出反应，一把手枪已贴在他的太阳穴上，耳边低声喝道："不要动！"然后从他手里夺过手枪。

"请坐下谈，莫尔先生。"来人冷静地说。

莫尔看到一个35岁左右的男人，举止干练，一道伤痕劈过眉间。他在莫尔的对面坐下，神态从容，绝不像一个普通盗贼。莫尔迟疑地说：

"你不是……"

"对，我不是盗贼。这个现场是留给警察的。"来人平静地说，他的目光中透着怜悯，"莫尔先生，你是在中国的01

基地工作吗？"

老莫尔已从最初的恐惧中清醒过来。自从三年前参加01基地，他已为今天做好了心理准备。他愤恨地咒骂道："我什么也不会回答你。开枪吧，你这个K星畜生！"

于平宁嘴角闪过一丝苦笑："我是K星畜生？"

莫尔恶意地嘲讽："你不知道自己的身份？那么你是一个没有自我的畜生。"

于平宁摆摆手枪："听着，莫尔先生，我不愿在这儿浪费时间。万一你妻子醒来，我不得不多杀一个人。好好回答我的问题。"

提到妻子，莫尔沉默了。停一会儿他问："你是谁派来的？我想你对一个快死的人不妨说实话。"

于平宁略为沉吟后爽快地说："是李剑。"

老人愤恨地骂道："这条毒蛇！这个K星畜生！"这次李剑突然中止即将成功的实验，让六名主要参与者回国度假，已经值得怀疑了，可惜当时他没有意识到。

于平宁疲倦地想，又多了一个K星间谍。K星间谍下令让K星间谍去杀K星间谍，一个怪圈，蛇头咬住了蛇尾。他冷淡地说：

"抱歉，我要告诉你一件事实，你可能不愿听到的。那天，你们七人乘坐的飞碟曾在时空隧道中消失了1分48秒。

七人中至少有一人、或许全部被掉包。如果不能在一堆核桃里挑出黑仁的，我只好全砸开。莫尔先生，我知道你在 01 基地研究什么，所以，也许你能提供一种自我豁免的证明。那么我会很高兴地同你喝上一杯，否则我只好得罪了。"

老人的目光闪出一丝犹豫。他已经怀疑了，于平宁想，他已经对自己究竟是谁发生了怀疑。他无法证明自己是不是自己。一个人无法揪住自己的头发把自己揪离地面。

老莫尔的嘴张了张，最终没有说话。他当然有办法证明，那就是六名科学家殚精竭智研究出的"思维迷宫"，它已经基本上成功，可以投入使用，但它此刻远在中国的 01 基地。他对死亡并不惧怕，但却十分厌恶这种黏黏糊糊的死亡。这名杀手，还有李剑，甚至包括他自己，究竟谁是 K 星复制人？在潜意识指令未浮现之前，他们都无法自我认证。那么，他死亡时究竟是什么身份，是人类的烈士，还是 K 星人的可怜的牺牲品？

但无论如何，他绝不会对这名可疑的杀手说出"思维迷宫"的秘密，那是人类对付 K 星复制人的唯一武器，他一定保守这个秘密直到进入坟墓。想到这里他不无欣慰，这个决定本身就是一个有效的豁免证明，他可以作为一名地球人安心赴死了。

他站起来，傲然扬起雪白的头颅："开枪吧，你这个可怜虫！"

珍妮·莫尔一直睡到早上 8 点才醒，伸手摸摸，床上没有丈夫。她很奇怪自己竟然睡得这么死，往常她睡觉很灵醒的。

　　老莫尔没有在卫生间，厨房、客厅和书房都没有。她走到门外，高声唤了几声，没有回应。莫尔夫人有点着急了，这么早他能上哪儿去？家中两辆汽车也都在车库里。直到最后她才找到卧室的里间。老莫尔斜倚在墙上，胸口一片血迹，地上扔着家里的手枪。保险柜被打开，钱物散落一地。她手指抖颤着拨通了警察局的电话。

　　警车很快呼啸着开到院里，霍夫曼警官领着手下勘察了现场。这似乎是一桩典型的盗窃杀人案，凶手打开了保险柜，慌乱中把钱物掉落地上，惊醒了莫尔。莫尔没有惊动妻子，自己拎着手枪过来查看，被逼入困境的凶手便开枪打死了他。珍妮哽咽地说，老莫尔昨天刚刚从中国回来，谁知道死神接踵而至。

　　他们在院中发现了凶手的脚印。从脚印判断，凶手身高约 6 英尺，体重约 165 磅，步伐富有弹性，年龄在 33～36 岁，穿胶底旅游鞋。他是用钻石割破廊房门玻璃后钻进来的。

　　令人不解的是死者胸前插着一朵小白花，肯定是莫尔死后凶手在院里采摘的。他们找到了这串走向花圃的新脚印。这朵白花算什么？是凶手的忏悔？

　　莫尔夫人悲恸欲绝，失神地坐在死者旁边。霍夫曼低声说:"莫尔夫人,很抱歉打扰你,但请你清点一下钱物,好吗?"

莫尔夫人点点头,女警官贝蒂扶着她过去清点财物。"没有丢失。"

"一样也没有丢?"

"对。"

霍夫曼觉得很奇怪。如果窃贼慌乱中闹出人命,仓皇逃走,那时不拿钱财是正常的。但这名凶手还到草坪中采摘一株野花,再返回屋内,穿过卧室,插在死者胸前。这证明他绝没有慌乱失措。那么,他为什么对财物分文未取?也算是一种忏悔?

他问:"莫尔夫人,你平时睡觉很沉吗?"

"不,只要莫尔一起床,我就该知道的。"

"昨天晚上你是否听到什么动静?"

"没有。"

"你昨晚服安眠药了吗?"

"没有。我从不用安眠药。"

霍夫曼点点头。那么,凶手确曾对莫尔夫人施过麻醉。霍夫曼在走进屋子时曾闻到极淡的香味儿。不过他不明白,盗贼为什么不对老莫尔也如法炮制呢?

在院里勘察的菲克斯有了新发现,拎回一条无头的蛇身:

"霍夫曼警官,看,凶手干的。他肯定不是普通人,他在用树枝抽飞蛇头时,出手敏捷而冷静。"

汤姆又在院里喊起来:"霍夫曼警官,又发现两串脚印!"

在栅栏的另一侧也有两串新脚印通往房屋。从脚印判断,来人中有一个男人,身高 5 英尺 8 英寸,体重约 140 磅,年纪在 30 岁左右;一个年轻女人,身高比他稍矮,体重也略轻。两人只到窗户边停留了一会儿,又原路返回了。

霍夫曼让警犬顺着脚印追踪。顺第一串脚印,追踪到了500 米外一棵树下,这儿明显有汽车停留的痕迹,胎印清晰。顺第二串脚印追踪到一个高坡,也有汽车停留的痕迹,距第一处大约有 500 米,两个停车点和莫尔家大致构成一个等边三角形。

这么说,两拨人并不是一路。如果是盗贼,那么他们同时对一个地处偏僻的普通家庭发生了兴趣,倒是很奇怪的事。

霍夫曼留下贝蒂陪伴莫尔夫人,领着其他人回到警察局。技术室对鞋模的分析结果也出来了。通过对鞋底花纹的电脑核查,这三人穿的都是中国产的旅游鞋,不过牌子不一样。中国的鞋类在美国市场上随处可见,三个人都穿中国鞋并不稀奇。但这个情况给他一个启发:莫尔刚从中国回来,凶手会不会是从中国追踪而来?如果是这样,那就是有预谋的暗杀。后来发现的另外两个人,则可能是追踪凶手而来。

　　他从电脑中调出了近日从中国入境的旅客名单。在一串嫌疑者名字下画了横线，有盖克、温宝和蒂娜·钱。不久他在三人的名字下又重重划了一道，因为他已经得到消息，这三人全部于当日离开美国去了日本。三人没有同机，但两个航班仅相差 30 分钟。

　　他通过世界刑警组织把情况通报给日本警方，请他们协助调查。

第6章

"思维迷宫"

于平宁到日本后放弃了盖克的护照，换上署名唐天青的新护照。这倒不是他发现了什么危险，而是一种例行的安全预防程序。他没有在东京多停，租了一辆马自达直接开往横须贺。因为按卫星定位系统的信息，那个日本克隆人并没回家乡北海道的千岁，而是一直滞留在横须贺的海滩。李剑曾介绍，犬养次郎是个极富天分的脑生理学家，但作为一个克隆人，他似乎没有家庭观念。他与自己的"父亲"及父亲的家人们从无联系，也没有娶妻生子。于平宁揶揄地想，这家伙在01基地当了两三年苦行僧，那么这次回日本一定要好好放松一下啦。

那只韦森左轮已扔在昆尼湖里了。到日本后于平宁没有买枪支，仅到厨具商店买了一把锋利的尖刀。他的日语很好，可以在日本社会中不暴露自己的外国人身份。那晚同鹤子相聚时，鹤子笑着说，将来到日本拜见岳父母，他们一定会以为女婿是东京人。

薄暮中公路上车辆很多。来往的轿车上都装有特制的货架，或挂一个小小的拖车，装着帐篷等物品。横须贺是著名的裸泳海滩，余风所及，返回的车辆中，不少男女仍穿着极暴露的游泳衣。

手表屏幕上的红点表明，犬养的汽车已在近处了。他找一个地方停好车，顺着海滩漫步过去。他意态悠闲地走了几十步，忽然急转身，沿来路返回。

这是标准的反跟踪手段。他看见一群年轻人正从一辆大客车上下来，兴高采烈地互相召唤着。一对又矮又胖的老年夫妇穿着泳衣，模样很可笑，边走边醉醺醺地哼着日本民歌。一对年轻人站在路边，正热切地拥抱长吻。

他向这对年轻人扫了一眼，立即忆起男子的圆脸他过去见过。他继续前行，返回车中，在这两分钟已回忆起，男子曾与他同机离开北京，还把行李错放在他放提箱的衣物箱中。这当然不是巧合了。

他从后排座椅上提过来小衣箱，一眼就发现异常。衣箱原来的铜制铭牌上被贴上了一块薄薄的金属箔，虽然大小颜色差不多，但上面的花纹和字母不一样。显然是那男子在"错放衣物"时贴上的。

那么，这两个追踪者是什么人？谁是他们的内线？毫无疑问他们是有内线的，否则他们不可能从北京起就盯上了自己。这些问题一时没有答案，他决定暂不扔掉这个示踪器，就让他们在后边再跟踪几天吧。

放下衣箱，他仍照原路意态悠闲地返回。那对男女在一家小商店前浏览，他紧赶几步越过去，融入人群。

温宝发现目标消失了。他和蒂娜搜索了一会儿，仍然没有踪影。温宝懊丧地低声说："丢了。妈的，这条狐狸可能发现了危险。"

蒂娜怀疑地问："我们没露任何破绽呀。"

温宝阴郁地摇摇头。他知道，这些冷血杀手们对危险常有野兽般的直觉。蒂娜问："我们该怎么办？"

"只有守着他的汽车了，但愿他还返回。"

蒂娜很焦急："那么，这一次凶杀又来不及制止了？温先生，还是听我的意见，与各国警方联手吧。"

温宝叹息道："不行啊，你不了解反 K 局与各国上层的关系，我们已吃过亏了。走吧，还是先守着他的汽车，他不返回的话再想办法。"

两人返回后，于平宁从暗处走出来，沿着海滩寻找犬养次郎。暮色渐重，沙滩上尽是赤身裸体的男女，各人的面貌似乎一模一样。于平宁不慌不忙地寻找着，他对自己的眼力很自信，何况还有定位器的帮助。

不久他找到了猎物。在一个帐篷中，一对裸体男女正拥作一团。他确认男人是犬养后有些踌躇，他不愿多杀一个无辜的女人，但那么一来，自己的行踪就完全暴露了。他摇摇头，最后做出了决定。暴露就暴露吧，这是没法子的事。

犬养次郎这次回日本，本来就没打算去北海道探家。他和那个犬养浩只有"纯技术"的关系，那人从身下取下一个细胞复制了他，仅此而已。好在那人给了他一个天才脑袋，让他可以在社会上出人头地；又给了他一个熊一样壮健的身体，可以尽情寻欢作乐。

前天他下榻在东京"春之都"饭店，从门缝下发现了一张彩色明信片，正面是一个衣着暴露的黑人女子，眼波流转，胸脯和臀部凸出，性感的厚嘴唇。背面有一行字：

"喜欢苏珊吗？请打电话。"

他立刻打了电话。两天来他完全被这个尤物迷住了，从东京一直玩到横须贺。这会儿他正在与苏珊亲昵，忽然发现帐篷门口站着一个人，此刻正冷淡地盯着他。这种行为太不"绅士"了！他正要发怒，来人用纯正的日本话说：

"是犬养君吗？"

他狐疑地点点头。他来东京是寻欢作乐的，因此在任何
场合都没有使用真名字，包括躺在他身边的苏珊也不知道。
这人怎么能知道自己的名字，并在熙攘的人群中准确地找到
他？天哪，可别是无孔不入的 K 星人！

来人彬彬有礼地说："这位女士能否回避一下？我想同犬
养先生单独谈几句。"

来人的谦和打消了犬养的恐惧。他如果是一个杀手，不
会让目击者离开的，也许他是基地派来的信使。他拍了拍苏
珊的光背："好，小苏珊先离开一会儿，10 分钟后你再回来。"

苏珊爬起来，披上浴巾，对来人嫣然一笑，走出帐篷。周
围的人都在寻欢作乐，没人注意他们。于平宁在犬养面前蹲下，
后者笑道："来到这儿怎么还是衣冠楚楚，你不是男人吗？"

于平宁没有理睬他的玩笑，直截了当地问："告诉我，你
在 01 基地是研究什么的？"

犬养吃了一惊，看来来人不是基地派来的信使。他胆怯
地看着于平宁："是研究动物智能的。"

于平宁掏出尖刀，用拇指试试刀锋，冷酷地说："也许这
玩意儿能帮助你恢复记忆？"我要把他置于生死之地来做鉴
别，他想。

犬养的身体因恐惧而微微发抖。那人的目光和刀锋一样

寒冷，在这种冷血杀手面前没有任何反抗的可能。01基地是绝密的，保密戒律十分严厉，泄露机密的人会受到反K局的严厉处罚，甚至秘密处决。但毕竟眼前这把利刃的威胁更为迫切，他才不去做什么烈士呢。他声音颤抖地讲起来：

"……已经三年了，K星人一直没有直接进攻地球。这说明，尽管他们有强大的科技手段，恐怕也有人类尚不了解的某种弱点。所以他们的最大优势，就是这种足以乱真的第二代复制人。试想，如果有几十个地球政府或军队的首脑被掉包，而复制人的潜意识是把战争引向失败，那地球还有什么指望？为此，在01基地集中了世界一流的科学家，研究了一种装置，称之为'思维迷宫'，可以有效地识别第二代复制人。"

"是否已经成功？"

"基本成功。不过你知道，地球政府擒获过几个第一代复制人，但至今未擒获一个第二代复制人，也就是说，这种装置还未进行过实战检验。不过，我们已对地球人做过多次试验，准确度极高，能够清晰地显影出人的潜意识。比如一个孩子的恋母情结、弑父情结；比如我——一个克隆复制人对自然人的叛逆心理。所以据可靠的估计，这个装置用于甄别K星间谍复制人也会非常有效的。"

于平宁沉思良久，又问："'思维迷宫'的原理？"

犬养讨好地笑着："你已经问到核心机密了。这项装置非常非常精巧复杂，但其原理不难明白。70 年前有一个姓翁的中国科学家建立了醉汉游走理论——醉汉的每一步是无规律的，但只要他的意识未完全丧失，那么大量无序的足迹经过数学整理，就会拼出某种有规律的图形。换句话说，这些无序中存在某种可公度性。相反，如果他的意识丧失，当他走的步数趋于无穷时，他会离原点越来越远，无序的足迹经过整理后仍然发散。01 基地的数学家安小姐据此发展成'混沌回归'理论，可用以剥露 K 星复制人的潜意识指令。被试人在回答提问时，会对潜意识中的秘密做出种种潜意识的粉饰、开脱、回避、自我证明……就每一个答案来说是无意识的，也毫无破绽。但只要提问次数足够多，再经过'思维迷宫'系统复杂的整理计算，就会从乱麻中理出一条隐蔽的主线——这就是潜意识指令所在之地。以上是粗线条的介绍，要想彻底弄清它的原理、构造和技术细节并找出对付办法，恐怕要数月时间。"

"你不能杀我，我还很有用哩。"

于平宁冷冷地问："你是否知道我的身份？"

犬养迟疑一会儿，媚笑道："我早猜到了，但不知道是否正确。你是 K 星复制人，而且是有 K 星人显意识的第一代复制人。"

"那么你泄露这些机密不觉得良心上的谴责？"

犬养贱笑道:"上帝教导我要爱惜生命,为了它我还能做得更多呢。"他露骨地暗示。

那片惨绿的光雾,怪异的蛇环。杀死他们!……于平宁疾速地搬过犬养的头颅,一刀拉断他的喉咙。犬养丑陋的裸体仰卧着,两眼恐惧地圆睁着。当他的身子倒下时,喉咙才开始冒血。

此时于平宁已走出帐篷。他看见那个黑妞正迟疑地往这边走,便不慌不忙向另一边走了。附近的旅客没有受到惊扰,照旧寻欢作乐。于平宁想,他几乎可以肯定又杀了一个地球人。但杀死这个贱种,他的良心不会有任何不安——实际上,他心中还是隐隐有些不安。这种冲动情绪下的杀人在他是从未有过的,仅仅是因为犬养在人格上的卑贱么?……

他一分钟也没有停,立即启动汽车返回东京。从后视镜中,他瞥见一辆皇冠也急急地倒出停车场,远远跟在后边。他冷冷地想,好吧,让你们再追踪到韩国吧。

苏珊看见来人已经离开,便袅袅娜娜地返回帐篷。她忽然惊呆了。犬养侧卧在地上,鲜血正从脖颈处汩汩地流出来,浸湿了身下的砂地,两腿还在一下下地弹动。太可怕了,幸亏那个好心的杀手无意杀她,因为在一般情况下,杀手不会放目击者逃生。现在该怎么办?她紧张地思索着。她不想报警，她是专在达官贵人中做皮肉生意的，可不想卷进一场凶杀案。

那个日本男人已经停止弹动，眼珠泛着死鱼的白色。她看看四周，没人注意，就急忙溜走了。在嫖客的汽车里，她急忙穿好衣服，检查了那男人的衣物，把钱包中的现金全揣在怀里，有美元、日元，还有一大沓人民币，看来这个嫖客去过中国。那么，那个英气逼人的杀手——一道长长的伤疤使他更具男人气概——恐怕也是中国人？

钱包中还有信用卡、驾驶证和护照。来人曾称呼嫖客为犬养先生，从证件看他的确叫犬养次郎。她想了想，把嫖客的证件、衣服、信用卡抱到他的帐篷外，堆成一堆儿。然后她开着犬养的汽车找到一间电话亭，拨通了警察局的电话：

"警官先生，我是一个外国人，发现一个男人被暗杀，就在横须贺海滩一个红黑相间的帐篷里。他的证件、衣服在帐篷附近。请快来人。"

没等对方问话，她就挂断了电话。

我已经为自己留了后路，等警察哪天找到我时就不会怀疑我是凶手了。再说（她在心里窃笑着），这样多少对得起那两叠钞票，数额还真不少哩。

她驾着嫖客的紫红色丰田一溜烟跑了，想尽早忘记那幕恐怖的场景。这个姓犬养的男人不讨人喜欢，但掏钞票时倒是蛮大方的，可怜他死得这么惨。

她把死者的车子扔在银座的停车场，又到附近的饭店寻找新主顾。

横须贺警察局的远藤康成警官立即率人赶到现场。死者证件表明他是北海道人，三年前到中国西安一个动物智能研究所任职，40 岁，单身，两天前刚从中国回来度假。死者的喉咙完全被割断了，死状很惨。

在场的游客对警察的询问很不耐烦。不！我们什么也没看见，天太黑，再说我们来这儿也不是给凶杀案当证人的。只有一个人说凶手穿戴很整齐，在裸泳人群中显得扎眼，所以他还记得。那人身高大约 1.8 米，看背影是年轻人。

一个黑瘦的中年人腰间围着一块小浴巾，笑嘻嘻地挤过来。远藤问他，先生看到什么情况了吗？那人立刻滔滔不绝地说起来：

"我全看见啦！死者来时带着一名黑人女子，二十四五岁，胸脯很高，臀部溜圆，走起路象猎豹一样舒展，漂亮极了！"这个叫查瓦立的泰国游客色迷迷地说。他是单身一人来游玩，没带女伴，所以一直把眼睛盯在这黑妞身上。"死者和黑妞一直在帐篷里嬉戏，后来有个男人来，把黑妞赶走了。那个男人走后，黑妞还回来过一次呢。"

远藤沉思着，他说的黑妞自然就是报案者。奇怪的是凶手为什么冒险放走目击者。不少冷血杀手不在万分必要时从不滥杀无辜，但"不滥杀"与"自身安全"相冲突时，他们也从不犹豫。所以，这次可能是一个"道德感"很强的杀手。

警察录取口供，拍摄现场，取过指纹，把死者装进尸袋中运回警察局。他们很快在警方资料中查到了死者的父亲犬养浩，他还是国内颇有声望的科学家呢。这位父亲在电话中断然回答：

"我不是他的父亲。他是日本历史上第一个克隆人，按他的说法，我和他只有'纯技术性'的关系，我提供一个细胞，复制了他，如此而已。我已经后悔这样做了。他和我之间从来没有来往，也没有什么亲情。希望不要把我牵涉进去，必要的话，我可以请科学厅长官重申这一点。"

远藤对他的盛气凌人不免反感，但他知道确实没必要把这人牵涉在内。于是他温言说："不必了，我会照你的吩咐去做，任何新闻报道绝不会出现你的名字。"

"那就多谢啦！"

放下电话，远藤想起今天收到的美国警方的通报。也是一个相同的案例，凶手在行凶前对死者妻子实施了麻醉，看来是为了少杀一个无辜者。三名疑凶已乘机到日本，但随之失踪，至今未查到下落。而且……那名死者也是在西安动物

智能研究所工作，也是两天前才从中国返回，这就绝不可能
是巧合！

远藤立即对手下做了部署："毫无疑问这是一起政治谋
杀。首先要寻找报案者，这种高级黑人妓女在日本很少，肯
定不难找到。寻找重点放在东京。通知美国把疑凶照片传过
来，与此人在日本入境时的照片比较一下。找到报案者后让
她指认一下。通知中国警方，请协助对西安动物智能研究所
进行调查，并对有关人员实施监控。我有个预感，很可能这
轮凶杀还远没有结束呢。"

日本警察的工作效率很高，第二天就找到了那名黑人娼
妓。她正在东京，又傍上了一位名叫穆斯塔法·萨利迈的阿
拉伯富豪。远藤立即和助手小野赶到东京，来到这家极豪华
的菊川饭店。苏珊的主顾这会儿不在家，她刚在室内游泳池
游完，躺在白色凉椅上休息，漫不经心地看着两名便装男子
在光滑的大理石地板上小心地走过来。远藤出示了警察证件：

"是苏珊小姐吗？我们是横须贺警局的远藤和小野。"

苏珊不耐烦地说："什么事？"

远藤直截了当地问："昨天你是否在横须贺，和一个叫犬
养次郎的人在一起？犬养被杀后是否是你报的案？"

苏珊嫣然一笑。昨晚与新主顾还有主顾的朋友彻夜狂欢，

在迷幻药的天堂中徜徉，她几乎把这事给忘了："对，是我报的案。你们总不会怀疑我是凶手吧。你们知道，干我这一行，可不想上报刊头条，更不能带着血腥气去接待新主顾。"

远藤安慰她："对，我们只是来了解一些情况，如果苏珊小姐配合，在你那位穆斯塔拉·萨利迈先生回来前我们就会离开的。请你看一看，凶手是不是这个叫盖克的中国人？"

苏珊接过盖克的照片。嘿，当然是他！她对这凶手印象很深，两道剑眉英气逼人，目光冷漠，眉毛上有道深深的疤痕，这道疤痕更增添了男人的魅力。他的身材颀长，肌肉壮健有力，衣服也遮盖不住。莫名其妙地，苏珊忽然泛起一股保护他的冲动。也许是感谢他昨天手下留情？还是为他日邂逅种下希望？她笑着摇头：

"不，不，不是这人。那人……怎么说呢？长得很粗俗，大嘴，不记得有什么伤疤，身高倒是差不多。不过那会儿他背着月光，我只是瞥了他一眼，也可能没有看清。"

远藤很失望。他十分怀疑这个名叫盖克的中国人，因为各种情况十分吻合。已查到昨天有个叫唐天青的人乘飞机离开东京去汉城，他的护照照片显然做过伪装，但电脑判定他与盖克应是同一个人。另外两人，温宝和蒂娜，也尾随他又去了汉城。这些线索有力地指向盖克。但这名妓女不会是他的同谋，也没有为他掩护的动机啊！

他阴沉地说："我想苏珊小姐一定清楚，做伪证是犯罪的。"

苏珊已经开始后悔自己的孟浪，但事已至此，只有把船硬撑下去。好在说谎是她的职业技巧，她朝远藤飞了一个媚眼：

"当然我懂。干我这一行，你想我会与警察过不去吗？凶手不是这个人，除非他做过伪装。"她肯定地说。

远藤和小野快快地离开饭店，返回东京警署。他问值班警官："发往中国警方的案情通报有回音吗？"

"很抱歉，没有收到。远藤警官，吉野警官一直在等着你呢。"

与远藤相熟的吉野警官走过来，执意要请他们小酌。他拉着两人来到一家小酒馆，点了酒菜，关心地问："有进展吗？"

远藤沮丧地说："那个妓女不肯指认，但我仍强烈怀疑是那个人！我要继续查下去。"

"不必查了。"吉野轻声说。两人吃惊地盯着他，吉野俯过身子低声说，"中国没有正式回音，但通过世界刑警组织的高层人士传了话。此案不用再查了，也不必通知韩国警方。我是受警视厅高层的委托向你们传话。远藤君、小野君，把它作为未结案锁在保险柜里，然后忘了它吧！"

两人目瞪口呆，他们绝对想不到这轮凶杀竟然有这样硬的背景！远藤愤怒地问：

"这是由国家组织的恐怖活动？……"

吉野苦笑着摇头："我只是一个传话者，并不深知内情。但据我所知，此中必然有隐情。至少，向我传话的人是一个德高望重的长者，完全可以信赖的。远藤君，听我的话，忘了这件事吧。"

两人互相看着，沉默了很久，才说道："好，吉野君，我们相信你。"

第7章

心灵的告白

金载奎一走进院子，狼狗"紫电"就低声吠叫着表示欢迎。他走过去，把狗食倒在食盘里，抚摸着紫电的脊背，说："吃吧，好好给我看家。"

紫电的低吠停止了，低下头去吃食。

夕阳渐沉，秋风送来群山的松涛，这幢陈旧的山居渐渐笼罩在夜色下。他走进屋内，依次检查了院内的红外线警报器、窗上的铁栅栏、各个居室里的枪支，还有房屋四周所埋炸药的起爆装置。

电话铃响了，妻子在电话中关切地说："载奎，那儿怎样啊？我和哲夫想去看你。"

"不，你们不要来！我把那项工作完成后就回去。"

妻子低声问："什么工作非得到山里去做呀？"她的语气中分明有强烈的怀疑。金载奎笑着安抚了两句，挂上电话。

两天前，他从01基地回到韩国后，便对家人借口要完成一项动物行为的调查，独自来到山中，布置好这个陷阱，以待不速之客——不管来者是草菅人命的特别行动处杀手，还是K星复制人。他还在房屋四周埋上大量炸药。在最后关头，他至少要拉上杀手同归于尽。妻子觉察出异常，可能是因为他进山时把狼狗也带来了。久别返家，却带着狼犬一头扎进深山，这种行为确实反常，但他不愿连累妻子和儿子。

金载奎和基地其他5名书呆子不同，他从李剑的询问和突然中止试验中看到了危险。早在这之前，他就听说过基地内几个人的秘密失踪与神秘的反K局特别行动处有关。临离开基地前他对其他同事说："这个假期给的是否太蹊跷？"

其他人都忙着打点行装，准备享受难得的假期。记得只有夏之垂看了他一眼，其余置若罔闻。好吧，那他只有孤军奋战了。

他摸摸肩部，那块01基地人人必备的"救命符"就嵌在那儿。那些背景神秘的杀手们是否会冲着它来？拭目以待吧。

夜色渐沉，四周虫声唧唧。白天他已休息好了，现在他坐在厅堂的椅子上，侧耳听着周围的动静，手边放着比利时

P90 冲锋枪和起爆器。

但在敌忾之中，他也不能完全压制潜意识深处的自我怀疑。从李剑的询问分析，他是怀疑六人乘坐的飞碟曾进入时空隧道。这当然是胡说八道，但……假如这是真的，而自己就是一个 K 星复制人？为什么六个人中只有他直觉到了危险？当然，这会儿他心中没有任何 K 星人的指令，只有对 K 星人的仇恨。但他也清楚地知道，那个指令是潜意识的，复制人会用种种方法来掩盖它。

如果事实确实如此，他宁可照自己脑袋开一枪，或干脆按下起爆器的按钮……万籁俱静，他此刻似乎身在虚空。这种折磨人的自我求证令人发疯。种种思维之线缠绕在一起，成了个理不清、解不开的大线团。

最终他用科学家的明断抓到一条鲜明的事实，从而跳出这个"思维迷宫"：01 基地的"思维迷宫"装置已接近成功了，如果怀疑他们中有 K 星复制人，大可来一次实践演练。这正是一个求之不得的机会，为什么李剑就想不到这一点呢？

他终于有了自信，心情平静下来。现在，他可以理直气壮地向杀手开枪了……他突然听到虫声静下来，红外线报警器却没有反应。但两者比较起来，他更相信自然之声的警示。他侧起耳朵，猜想狼犬"紫电"也必然在侧耳聆听。他似乎听见了一声低沉的吠叫，随即不再有动静。

刚才于平宁已用一颗麻醉弹解决了狼犬。他像狸猫一样，借着树影和房舍，轻悄无声地往前走，同时还警惕地倾听着后边追踪者的动静。

看院中的布置，这位金载奎先生精心设计了一个陷阱。他是如何意识到危险的？是否出自K星复制人的本能？这倒是一个有趣的对手。

于平宁听到后边栅栏处有轻微的落地声，看来那两名跟踪者已开始动作了。显然他们已经不满足于远远地监视，这次可能要有所行动了。刚才于平宁揭下了这两人贴在自己衣箱上的那个示踪器，特意揣在身边，准备用它搞一个小游戏。

窗户上装有铁栅栏。他蹑行到门旁，轻轻推开一条门缝。也许，屋内的猎人已把手指扣到扳机上了。他掏出那块金属圆片，轻轻扔到屋里，然后迅速回身，借着夜色离开，潜到一棵大树后边。

金载奎听见了轻微的开启门锁声，随后听到轻微清脆的落地声。这是老一套的投石问路，他没有理睬，仍端平冲锋枪严密地等待着。门外的人很有耐心，直到二十多分钟后，门才呀呀地响了两声，一条人影悄悄挤进来。

温宝和蒂娜·钱尾随着示踪仪到了这片山凹，一条简易石子路通往山坡上的一处山居。为了怕于平宁听见，他们早早就停下三星牌客货车，步行几公里赶到这儿。蒂娜·钱对同伴焦灼地说：

"我们不能再旁观了，不能让他再在我们眼皮下杀人了。温先生，这次一定要制止他！"

"好，我正准备这样做。但你要留在外边，今天的局势一定很危险。"

他好说歹说，总算说服蒂娜留在外面。临走他交给蒂娜一张纸条："喂，背诵后把它毁掉。这是黄先生的联络地址，万一我回不来，你就去中国找他。"

他的娃娃脸上洋溢着笑容，蒂娜很感动，吻吻他的额头，低声说："不，你一定要回来。"

已经快到那幢房屋了，手表上那个小红点仍在移动。今天于平宁作案时一定随身带着箱子，这使追踪容易了。现在红点已到了室内。他扳开手枪机头，跟踪到墙边，那个红点却静止不动了。莫非他这会儿放下了手提箱？他等了十几分钟，红点仍旧静止着。不能再等了，他听听动静，轻轻推开房门。

屋内没有动静。他继续往前挪步，忽然灯光大亮，一个人用英语喊："举起手来！"

他知道上当了，炫目的灯光刺得他看不清，他迅速抬起枪口对准发声处。但对方比他更快，一串子弹呼啸着射入他的胸膛，他的身体慢慢倾倒在地，手枪跌落到很远的地方。

金载奎平端冲锋枪，离开作掩护用的沙发，慢慢走过来。杀手是一个圆头圆脸的年轻人，胸前鲜血斑斑，目光已经迷离，喉咙中咻咻地喘息着。他弯下腰捡起对方的以色列乌齐式手枪。就在这时，来人忽然抬起左手，把另一支德造M1896式手枪的十颗子弹全灌进主人的胸腹。此时，温宝的目光已经模糊，没有认出这人并不是他追踪了三天的于平宁。这垂死反噬使金载奎措手不及，他踉跄着颓倒在地，但在死亡来临前他按下了起爆器的按钮。

一声巨响，这幢百年老房慢慢倾倒，火舌从窗户、门口和倾塌的房顶凶猛地窜出来。一个女人在栅栏处尖叫一声，不顾一切地扑过来，"温宝！温宝！"她喊着扑向门口，凶猛的火舌挡住了她的去路。院内大树后忽然冲过来一个人影，动作极快地一把扯回蒂娜。蒂娜在他怀里挣扎着，抬起头看看，待了1秒钟，随之发疯般又骂又打：

"你这个禽兽，没有人性的东西，你又杀了两个人！"

她像只护崽的小母兽一样凶猛。于平宁不得不在她耳后给了一记拳头，把她打晕，然后抱着她逃离火场。

等蒂娜·钱醒来时，已在几十公里外的一个小湖边。车停着，她躺在后排座椅上，于平宁从前排扭过身盯着她，眼神冷漠而忧郁。蒂娜眨眨眼，回忆起刚才发生的事，不禁缩

起身子。她不知道这个喝人血的恶魔如何处置自己。

于平宁冷冷地说："钱小姐，我该拿你怎么办？掐死后撺到这个湖里？刚才我真不该救下你。"

他的语调里有一种发自内心的苦恼，不知怎的，这使蒂娜多少减轻了一点敌意，但她仍仇恨地问："你把温警官杀死了吗？屋子主人呢？"

"全都死了，连遗体也烧焦了。你那个温警官究竟是什么人？我看了你的证件，知道你是采访卡普先生的那名记者。你为什么要把鼻子伸到这里来？"

蒂娜恨恨地说："我知道你是反K局特别行动处的，我们要制止你们滥杀无辜的暴行。21世纪不允许有法西斯！"

于平宁讥讽地淡淡一笑："是吗？"

车窗大开着，晨光和微风落入车内。蒂娜衣襟散乱，酥胸半露。此刻怒火烧去了恐惧的苍白，她的脸庞因而散发着光辉。这个混血女人有一种特殊的美，不同于妻子的活泼，不同于新田鹤子的镇静。她这种率情率性的愤怒令于平宁很有好感。

他大致相信这个女人的话。那位温警官应该是警察系统中那个秘密组织（血牙小组）的成员。反K局知道这个秘密组织，也知道其成员都是些正直的热血汉子。只是，眼下他不知道该如何处理这个女人。当然不能放她走，也无法把她塞在汽车行李箱中带出国境。他是自己捡了一个麻烦，一个扔不掉的包袱。但他忽然觉得很孤单，想向这位有缘邂逅的女人倾诉一下内心世界，这扇大门已经关闭得太久啦。他从不想杀人，连杀死一只鸡、一只麻雀也不愿意，不想看到别人仇恨的目光。但是那种沉重的"使命感"逼迫他不得不干……不过，也许这个看来水晶般透明的女人也有那么一条潜意识指令？也许她的这些表演只是骗取自己的信任？

当时，伊凡诺夫为反 K 局挑选成员时，第一条标准便是钢铁般的神经，能够在残酷的斗争中始终不颓丧、不消沉、不迷失自我。客观地说，即使在反 K 局中，于平宁的神经也是出类拔萃的。但现在，在真假莫辨的第二代复制人出现之后，一切真假是非全扭在一块儿，连他也无法避免内心深处的彷徨。

他拉开车门跳下去，舒展舒展筋骨，吐出胸中的秽气。等他再上车时已经做出了决定。他对蒂娜说：

"想不想听听冷血杀手的秘密？不过，我警告你，听完后，你的生死就要和我连在一起了。你不得离开我 50 米，否则格杀毋论，一直到我通知你可以离开时为止。"

蒂娜·钱迷惑地看着他，不知道他这样做的目的何在。最后她一咬牙："好，我听。"

于平宁拉上车门："边走边说吧。还要去汉城赶今天的航班，到……去杀另一个人。你坐到我右边。"

蒂娜·钱爬到右边，三星车启动了，顺着山间道路飞驰。蒂娜不时偷眼看看于平宁，他眉头微蹙，面容平静，两眼直视前方，一只手搭在方向盘上，开得又快又稳。蒂娜苦笑着想：至少我目前是安全了，因为我已进了狼穴，据说最凶残的野兽也不在窝里吃人。

天色已明，路上开始出现汽车，也偶然碰见头戴高帽、步态悠闲的韩国老人。于平宁这时才开口说话：

"你知道 K 星人的水星基地吗？知道白皮白心的第二代K 星复制人间谍吗？我告诉你……"

当天上午，金载奎的妻子发现山居的电话断了，她立即报了警。警察在残垣断壁中发现两具烧焦的尸体，废墟前放着两朵新鲜的白色野花，十分显眼。在附近询问，乡民们说发现过两辆可疑的汽车。有一辆在附近找到了，另一辆车和凶手一起消失了。

第8章

兽　性

阿巴赫在莫斯科转机去埃里温时才听说那儿又发生了战乱，纳卡飞地的交通已经断绝了。48年前，亚美尼亚打赢了这场战争，使位于阿塞拜疆国内的纳卡飞地以一条山中要道与亚美尼亚联在一起，还造就了100万阿塞拜疆难民。现在，这些人要复仇了。

阿巴赫不由苦笑：这块飞地太小了，小得难以引起世界的注意。尤其是在K星人的威胁面前，这种争斗显得太可笑了，但这是政治现实。阿巴赫为之心如火焚，因为他的父母、妻子和一对儿女都生活在纳卡飞地。他十分清楚民族仇杀时普通百姓的命运。

埃里温的战争气氛已经升温，报纸的大标题都是"保卫纳卡飞地"。到处是街头讲演，号召基督徒行动起来保护自己的弟兄。阿巴赫对这种战争狂热没有兴趣，他只有一个目的，赶紧把家人接出来，到埃里温、莫斯科或西安，远远避开这可憎的仇杀。他打听到纳卡的交通还未完全断绝，这段时间阿塞拜疆人大致是采取打了就跑的战术。于是，他迅速行动，购买了一辆切诺基吉普、一支卡拉什尼科夫冲锋枪和一枚兰德勒肩扛式火箭筒。一切准备就绪，他把自己的行李扔到车上，准备出发。忽然，一辆黑色伏尔加疾驰而来，在他的车旁停下。一个漂亮的混血女人和一个很像是中国人的男子走过来。女子用英语问：

"请问你是西安动物智能研究所的阿巴赫先生吗？"

阿巴赫看看他们。兵荒马乱，这两个外国人如此准确地找到自己，肯定是因为自己随身带的"救命符"，那么他们应该是基地来的信使吧。他苦笑道：

"是通知我返回吗？恐怕不行，我要先把家人接出来。"

女子说："不，不是通知你返回。我们是想同你一块去纳卡。这位于先生是军人出身，也许能帮上忙。"

他看看这位于先生，他的眉毛上一条刀疤，目光冷静坚定，步伐富有弹性，车上扔着一支带激光瞄准器的FN30步枪。他说：

"好吧。耶稣保佑我们不要使用武器。出发吧。"

于平宁和蒂娜从汉城乘坐波音 797 航班，横跨广阔的西伯利亚飞到莫斯科。在 10 个小时的航程中，他们一直待在无人的后排空位低声交谈。于平宁冷静地讲了很多事。他讲了 K 星人的水星基地，地球人那次偷袭的惨败，白皮黑心和白皮白心的第一、第二代 K 星复制人，地球政府对于全人类信念崩溃的畏惧，等等。只有绝密的"思维迷宫"和太空预备舰队他没有提。

在莫斯科下飞机时，蒂娜几乎完全相信他了。他对 K 星人的刻骨仇恨，对妻女的入骨思恋，还有他不得不杀人的苦闷无奈，都在这次长谈中宣泄得淋漓尽致。而且他干嘛费这么大功夫来欺骗自己？一颗子弹就能解决她，甚至在她想闯进大火中救人时不去拉她就足够了。

蒂娜被深深震撼了。她这才知道世界上还有这么一小批人，他们肩负着沉重的枷锁，咬着牙关，忍辱负重，以近乎自杀的方式抵抗着 K 星人。她过去佩服正义的黄先生和温宝，现在同样佩服于平宁。悲哀的是，这两部分人类精英不能沟通，甚至互相仇杀。

但她仍有一些疑问。到了莫斯科，两人住在列宾饭店的同一个套间，她仍执拗地问：

"但我想不通为什么一定要杀死这六个人。即使他们全被掉包，先关起来不就行了？"

于平宁疲倦地说："是否杀死他们不是我能决定的，有罪推定的反 K 局戒律也不是你能改变的。你如果想为他们做点事，就赶紧开动你的脑筋，努力为他们寻找豁免证明吧。如果你能找到——我很高兴少一份罪孽；如果找不到就不要碍我的事，不要逼我对你干出我会后悔的事，听见了吗？"

蒂娜再次触摸到他内心的冷酷。她认真答应："听到了。"

"好，休息吧！你去睡里间。但我再重复一遍，无论洗浴或上厕所，你都不能离开我的视线。"

在埃里温，他们很快追踪到了阿巴赫。他正忙着在黑市上买汽车和军火，想去纳卡飞地解救亲人。蒂娜一再劝于平宁先不要动手，随他一起去，帮他接回家人："在这段时间内如果找不到豁免证明，你再杀死他，好吗？"于平宁答应了。

往纳卡飞地的一路倒是出乎意料地顺利。除了经常听到的枪炮声外，路上并没有设置封锁线，两方的都没有。蒂娜开车跟在阿巴赫的后边，于平宁则拎着那支狙击步枪，既提防路边的埋伏也时刻盯着阿巴赫的后背。

阿巴赫显然想不到后边有一个枪口，他的全部注意力都放在家人身上了。临近城市，忽然听到市内有激烈的枪声，阿巴赫脸色变白了，把汽车开得更快。到了市内，街道上没有人影，偶尔有人头在窗户里向外探望。除了前边街区激烈的枪炮声，这儿已成了一座死城。阿巴赫的家正好住在响枪的地方，他心焦火燎，在小巷中迂回前进，前边就是他的家了。他看见一队阿塞拜疆人正开着车逃离这儿，各个楼房上的火力点仍在向他们射击。等到阿塞拜疆人的车队在路口消失，他立即冲过去，停在街心广场，用亚美尼亚语大声喊：

"我是亚美尼亚人，我的家住在这儿！"

各楼房保持着沉默，但没有向他射击。有人从窗口向他挥挥手。他把车开到一栋陈旧的楼房前，跳下车说："我上楼，你们在这儿守着。"

于平宁立即跨下车，说："我陪你去，蒂娜守着。"

他把 FN30 步枪扔给蒂娜，随阿巴赫上楼。蒂娜知道他是不愿阿巴赫离开视线，便独自荷枪看着空旷的街道。硝烟还未飘散，墙壁上弹痕累累，有的窗户在燃烧着。前边楼房里开出一辆车，又扶下一个伤员，大概是往医院里送。蒂娜感慨万千。作为记者，她见过无数被内战蹂躏的国家。她最不能理解的，就是这种毫无理由毫无理性的民族仇杀。突然之间，邻居甚至亲戚变成了血仇，人性蜕化成兽性。是什么药物使千万人一夜之间发疯了呢？

两人上楼时间很长了。蒂娜有点不耐烦，她想上去看看，又不知道具体楼层。又等一会儿，她听见了脚步声从楼梯上下来，于平宁硬拽着阿巴赫，半挽半拖地走下楼。阿巴赫目光痴呆，脸上全无血色，嘴唇神经质地蠕动着。于平宁把他硬塞进吉普车中，面对蒂娜的询问目光，他只简单地说了一句：

"家人全死了。"

蒂娜打了一个寒战，她从于平宁故意躲开的目光知道，楼上肯定发生了极其可怕的事情。于平宁又说："尸首已托邻人处置了，咱们把他带回埃里温，我开他那辆车。"

但阿巴赫的那辆吉普此时已经咆哮一声，发疯般地向前冲去。于平宁追了两步，没有追上，忙返身跳上伏尔加，指着前边说：

"快！"

吉普一直向东飞驰，蒂娜紧张地驾驶着，躲避着路上的障碍，但始终追不上。于平宁用手扶住方向盘，说：

"我来开车！"

两人艰难地交换了位置，于平宁把油门踩到底，逐渐缩小着与吉普车的距离。前边到了两族人的分界线，路上有一个坚固的街垒。阿巴赫停下车，扛起火箭炮，轰轰两声，街垒炸开一个大洞。于平宁已经追上，急急地喊：

"阿巴赫先生，不要冲动！"

但吉普车猛地一窜，顺着缺口开过去。街垒后有一些人在向后奔跑，吉普车追向他们，喷着火舌，有七八个人中弹倒地。阿巴赫狂怒地咒骂着，抬起枪口向楼房射击。但这时对方已清醒了，无数子弹从街边的掩体和楼窗上射下来。阿巴赫的身体猛烈扭动着，颓倒在方向盘上。吉普车陡然掉头，撞上右侧的墙壁。

跟在后边的于平宁及时刹住车，他轻灵地打一个飞转，把伏尔加掉过头来。在离开前他单手举枪，一个点射，击中了吉普的油箱，那辆车轰然爆炸了。

伏尔加矫捷地开出火力圈，顺着来路飞驰而去。蒂娜愤恨地瞪着于平宁，但找不到话责骂他，因为她尚未来得及替阿巴赫找到"豁免证明"，而且，在于平宁开枪之前，阿巴赫很可能已是死人了。但她仍然非常愤怒，因为在这样的惨剧之后，于平宁还忘不了向阿巴赫补上一枪，这种一丝不苟的"冷静"让她仇恨！

伏尔加越过纳卡，仍沿着来时那条山道返回。蒂娜恨恨地说："是你杀了阿巴赫。"

于平宁斜眼看看她，没有说话。她又补充道："是你第二次杀了阿巴赫。"

于平宁冷淡地说："对，我们没能找到豁免证明。"

蒂娜很想再说几句狠毒的话，但她想到了昨日的约定，想到于平宁"不得不杀人"的痛苦，她把下边的话咽到肚子里，转过头，泪水刷刷地淌下来。

第9章

我是谁

　　"安小雨，女，28岁，未婚，中国人，卓有成就的数学家。"

　　照片上的安小雨十分清纯，像一个天真无邪的中学生，笑得很甜，眸子里甚至未消尽绯色的幻想。从照片上，你看不出她是01基地的核心人物。于平宁苦涩地想，不知道自己能否狠下心来向她开枪。已经杀了4个目标，他们大都不像复制人。我是在干一件不得不干的事，但这并不能减轻良心的谴责。我就像身在地狱的席方平，两个鬼卒正操着大锯轰隆隆锯开我的心脏。等他们解开我身上的绳索时，我就会裂成两片，扑倒在地上。

　　但是，他苦笑着想，如果我以前杀的都错了，那安小雨是复制人间谍的可能性就更大了，至少50%。

途中，蒂娜一直满怀敌意地沉默着。一直到图110式飞机在北京机场降落，她才开始和于平宁说话。她心绪很乱，说话也颠三倒四。一会儿她说："于先生，这回我们一定细心甄别，好吗？"一会儿又坚决地说："这么清纯的女孩儿绝不会是K星间谍！"

于平宁没有理睬这些废话。他得盯紧她，没准她会瞅空往安小雨家里打个电话报警。他开始有些后悔，一时冲动下，把这个麻烦揽到怀里。

到了国内，活动方便多了。他不声不响弄来了一辆风神700、一支激光枪。然后顺着京广高速公路、洛宜高速公路一路南行，晚上9点钟，他们到了荆门附近的一个小镇。

小镇在一片浅山怀抱中，安小雨所住的公寓紧靠着一片青郁的竹林，竹子枝干挺拔，秋风中竹叶飒飒作响。公寓的铁栅栏也是仿竹编结构，自有一番古风野趣。透过栅栏望去，公寓很整洁，但算不上豪华，属于档次稍高的工薪阶层住宅。看来安小雨口袋里没有多少钱。

进公寓需要磁卡，现在他们停在门口，等着一名持有磁卡的房客。蒂娜一声不响，但于平宁能感到她的紧张。她一定在担心，一旦找不到豁免证明——这种希望本来就十分渺茫——她不得不再次"旁观"杀人。

其实，于平宁也在犹豫着：也许先赶到丹江口新湖去解决夏之垂更好一些？如果夏之垂又是错杀，那安小雨就一定是 K 星间谍，再向她开枪就心安理得了。

他冷笑一声，在心里讥笑自己的矫情。你不过是用愚蠢的逻辑游戏试图减轻良心的自责，他想。他在一路上留下不少痕迹——本来可以不留的，但他不愿多杀人，那两个无辜的女人不在他的使命之内。他要在追捕之网合拢前迅速解决最后两个。一旦自己落在警察手里，会使反 K 局处于很为难的境地。

不要优柔寡断了，也许这个清纯秀丽的姑娘正是 K 星间谍，她会在甜笑中把 70 亿地球人送入死亡。你大可不必奉送这些廉价的怜悯。

门外来了一辆汽车，驾驶者摇下车窗，把磁卡塞进道旁的读卡器。大门随之无声地滑开。于平宁赶紧随那辆车开进院内。

他根据表上红点的位置来到 103 室。侧耳听听，屋内只有哗哗的淋浴声，肯定是安小雨在洗浴。他看看走廊无人，便掏出一根合金钢丝，轻易地捅开门锁。他悄悄推开门，看清客厅无人，便让蒂娜进去，自己也闪身进去，锁好门。

屋内像贝壳一样整洁。窗明几净，淡绿色的窗帘飘拂着。茶几上摆着水果、鲜花和几碟精致的茶点。于平宁闪进其他几间房间探查一遍，没有发现旁人。厨房里已备好了几盘凉菜，看来她今晚有客人。这会儿浴室里的喷头已经关掉，玻璃屏风上挂满了水珠。于平宁返回客厅，示意蒂娜到阳台上回避，自己则从容地坐到沙发上，从固定式烟盒里抽出一支香烟。

浴室中的安小雨隐约听见外边有动静，又有打火点烟的声音，她笑着高声说：

"是老狼吗？我马上出来。茶几上有你爱吃的茶点，你先吃吧！"

夏之垂原定今晚10点钟到。他今天没踩着钟点而是早到了20分钟，可是件怪事。这位绅士十分注重拜访女士的礼节，虽然他们之间早就用不着这么彬彬有礼了。安小雨用毛巾擦干头发，忽然扑哧一声笑了。老狼，她一直这样谑称自己的情人。她曾问，知道这个名字的来历吗？那家伙倒是博览群书的，应声答道："语出笑林广记。"[注：《笑林广记》中说，一位侍郎和一位尚书上朝，见一条狗过来，尚书打趣道："是狼（侍郎）是狗？"侍郎才思敏捷，应声对道："下垂是狼，上竖（尚书）是狗"。] 两人在01基地的情人关系是秘密的，相互之间的联系常常使用类似的暗语。

玻璃屏风里的布幔哗的一声拉开，安小雨裹在雪白的浴巾内笑吟吟地走过来。新浴过后，她显得格外清新，肌肤白嫩，目光如水。阳台上的蒂娜心疼地看着，心想，她多像一株滚着露珠的新荷。

安小雨看清来人不是夏之垂，略有些吃惊，但仍保持着微笑：

"请问……"

于平宁掏出激光枪，缓缓地说："三天前，你们乘坐的那架直升机在时空隧道中消失了两分钟，可以肯定，你们六人中至少有一人被掉包。我希望你同我配合，把你的身份甄别清楚。如果不能从一堆核桃中挑出黑仁的，我只好全砸开。"

不要重复这些滥调了，于平宁厌倦地想，反正你要杀死她，这是无法改变的宿命。那片惨绿的光雾，怪异的光蛇……不要怪我的残忍，我是身不由己啊。

安小雨脸上的惊惧凝固了："你杀了那五个人？"

于平宁摇摇头："夏之垂是最后一个。"

安小雨紧张地瞟一眼时钟。再过 20 分钟，夏之垂就会捧着鲜花准时赶到。她以数学家的明晰思维断定，来人绝不是地球人。如果反 K 局对他们的身份有怀疑，完全可启用"思维迷宫"，而不会坐在这里说什么"甄别你的身份"！凶手一定是第二代 K 星复制人，他们在为 K 星人效劳时还自以为是在为地球尽职。所谓尽力甄别，只不过是减轻犯罪感的自欺手法罢了。

不过，不要妄想唤醒他们，这种潜意识指令是非常有效的。在它的控制下，他们会像执拗的老牛，拿种种不合情理的思维为自己辩护。她知道自己今晚难以逃脱了。自从参加01基地，她早已做好了思想准备，在这种生死关头，她暗自庆幸刚才没有在杀手面前直接喊出情人的名字。

一定要保住老狼，保住我的爱，也为"思维迷宫"小组保留一点火种。快点，不能再犹豫了！

于平宁敏锐地察觉她在看时钟。"不必担心，"他平静地说，"我不是嗜血杀手，你的老狼即便在这会儿赶来，我也不会动他一根毫毛。"

我愿为你做那么一点事情，他苦涩地想。

安小雨在心底苦笑：我相信你是一个好心的杀手，但如果你知道我的客人就是你的下一个目标呢？不能再耽误了。永别了，我的爱！

蒂娜·钱作为一个旁观者，紧张地注视着两人的表情，她看到两人的决绝慢慢明朗，感到那个结果正步步逼近。她忙从阳台上跑出来，跳入决斗圈中，急切地说：

"安小姐，你听我说！……我和他不是一路来的，是偶然碰在一块的。请你相信，他的确不想误杀好人。请你努力抓住最后的机会，不要轻易放弃。好吗？我们一起来想办法！"

安小雨微微苦笑。这个天真的女人是从哪里蹦出来的？

是真的天真还是伪装天真？她低声说："谢谢这位姑娘。杀手先生，我可以抽支烟吗？"

于平宁点点头。她胆怯地走到茶几对面，在固定烟盒上取下一支烟，又打着了海豚形的固定打火机，俯身去点烟。她的浴巾散开了，酥胸白得耀眼，于平宁下意识地把目光躲开。忽然白光一闪，一把水果刀凶猛地劈过来。于平宁敏捷地举臂一挡，闪身，开枪，这一串动作是在一刹那间完成的。安小雨慢慢倒在地上，左胸处有一个深洞。她的表情慢慢冻结，最后凝结为安详的微笑。

于平宁垂下枪口，苦涩地看着安小雨的尸身，久久不动。他的左臂受了刀伤，鲜血一滴滴汇在地板上，但没有感觉到疼痛。

你很可能又错杀了一个好人，但这是命中注定的。他抱起安小雨的尸身，平放在沙发上，为她理好衣襟。又从茶几上的鲜花中挑出一只白色的水仙，放到安小雨的胸膛上。

蒂娜痴痴呆呆地看着这场短暂的搏斗，心头翻腾着宿命般的绝望。她就像在看一场电影，知道自己无论怎样叫喊，也改变不了影片的结局。可是这究竟是为什么？于平宁掉头出门，她也木然跟在后面。等坐上汽车，她才发现了于平宁的伤势：

"你受伤了！"

于平宁点点头，指指车后："那儿有急救箱。"

蒂娜急忙为他包扎。我在为一个凶手服务，他刚杀了一个可爱的姑娘——可是是那姑娘先动手！蒂娜含着泪恨恨地问：

"这到底是为了什么？她为什么不听我解释？她真的认为自己是间谍吗？"

有一辆车开过来了，驾驶者从窗内送出磁卡，打开门，开进院内。于平宁推开蒂娜，趁大门没关闭前开车出去，然后才回答蒂娜的问话：

"不，她只是逼我早点动手，以免连累了她的客人。你看，很可能就是那个人。"

进院的那辆黑色汽车上走下一个绅士，浅色西服，身体匀称，捧着一束鲜花，步履轻快地走向103室。于平宁说：

"我说过不会伤害她的老狼，但她不相信我的诺言。"

他的声音中有那么多的无奈和痛苦，蒂娜对他的怜悯又浮上来，她拉住方向盘说："你受伤了，我来开车吧。"她苦涩地想，我在心甘情愿地帮助一个杀手，好让他精神饱满地杀另一个人，完成他的最后一个目标。于平宁没有拒绝，与蒂娜对调了座位，然后仰在座椅上休息，风神700以400公里的时速向丹江口开去。只剩最后一枚核桃了，它应该就是那枚黑仁的。把他干掉，我的刑期就结束了。

　　午夜他们赶到了丹江口。在高速公路上行驶时，汽车使用的自动导航档，所以两人都睡了一会儿。于平宁把车停在湖边，下车来到湖畔。一条大坝把这里变成烟波浩渺的人工湖，疏星淡月，四周是青灰色的远山。他长伸懒腰，活动一下筋骨，然后回到车内。

　　他多少有些奇怪，平时快速抓握手指时骨节会拍拍脆响，今天却没有。不过没时间去想这些琐事，他告诫自己，你的目标还未完成，要赶在天亮前解决最后一名。

　　蒂娜默默地跟在他后边。一路上，她已经想了不知多少办法去"甄别"夏之垂，至少说服夏之垂平心静气地"接受甄别"，她不能在最后一个目标上再次留下自责。但有了安小雨的例子，她知道这都是不切实际的空想。她甚至想，到时故意弄出点响声，警告夏之垂，然后……然后会怎样？让已有防备的夏之垂打死于平宁？

　　她的神经抖颤一下，赶紧抛弃这个危险打算。可是该怎么办？怎么办？她最终知道了答案：没办法。她已陷在一个粘滞的时空之洞中，只能眼睁睁地看着可怕的现实一点点逼近。只有这时，她才真正理解，为什么于平宁的眸子深处总是飘浮着悲凉和无奈。

　　"走吧。"

　　他们上车，朝住宅区开过去。丹江口新湖畔是一幢连一幢的豪华别墅。这儿山清水秀，是中国的地理中心，又有库容为亚洲之最的水库。所以近二十年来，科技界和商界的新贵自发地迁居这里，形成了一个颇具声势的别墅群。这儿的城市布局很好，道路宽敞，市中心保留了大量的绿地，各种风格的建筑在这儿争奇斗妍。

于平宁打开手表式追踪系统，在一个园林式别墅找到了属于夏之垂的那个红点，他把汽车停在 200 米外的黑影里，领着蒂娜翻过栅栏。他戴上红外线夜视镜，在院内看见一条条纵横交错的红色光束，这是普通的防盗设备。他扭回头声音极低地交代：

"紧跟我的脚印，抬高步子！"

两人从红色光网中穿过去，溜到房侧。一辆风尘仆仆的汽车停在院内，没有开进车库。屋内响起哗哗的淋浴声，看来那人正在洗浴，然后屋里灯熄了。显然夏之垂上床睡觉了。于平宁把激光枪调到低档，在门玻璃上划一个圆，把圆玻璃片取下来，伸手进去打开房门。

他正要示意蒂娜随他进门，忽然直觉到某种不妥。这种感觉是看见那人的汽车时就产生了，但究竟是什么？他一时还抓不住它。他犹豫片刻，想到了金载奎家的爆炸，便示意蒂娜留在原处，不要进去。蒂娜·钱焦灼地摇摇头，哀求地望着于平宁，她一定要进去，尽自己的努力甄别！但于平宁忽然变得十分狞恶，他伏到蒂娜耳边，恶狠狠地说：

"服从命令！有危险！"

蒂娜也想到了金载奎家惊天动地的爆炸，只好顺从地停下，含泪看着"凶手"踏入危险之地。

屋中并没什么异常。卧室门半掩着，夜色中，夏之垂盖着毛巾被正在熟睡。于平宁心中的警灯仍在闪烁，他加倍小心地推开卧室门，用激光枪挑开他身上的毛巾被。忽然灯唰的一下亮了，身后有人咬牙切齿地喝道："举起手来！"

他一愣，慢慢丢下枪，举起双手，从眼角瞥见一支双筒猎枪正在对着自己的后心，床上卧着一个衣服模特，假发被碰掉，裸着肉红色的脑壳。夏之垂的头发是干的，衣帽整齐，他根本没有洗澡。

"夏之垂，男，34 岁，著名心理学家，兴趣广泛，爱好打猎登山。"

李剑还告诉他，夏之垂为人机警，他的枪法可以和专业射手相媲美。

他忽然悟到自己刚才那阵不安感觉的根源。刚才看到这辆黑色汽车时，有一种模模糊糊的熟悉感。他见过这辆车的尾部，是在安小雨的公寓里。夏之垂就是安小雨的情人，是那个穿浅色西服、手捧鲜花、步履轻快的绅士。可惜由于夜色浓重，他没及时识别出这辆汽车。

他这才知道安小雨为什么逼他开枪，因为她知道自己的客人恰恰是杀手的下一个目标。

夏之垂绝对料不到一个温馨之夜变成了凶日。与安小雨共事两年，他们早就深深相爱。但 01 基地太紧张，特别是气氛太严肃、太冷森，不是谈情说爱的地方。所以，一宣布这次放假，两人的目光就对到一块儿了。不过他们并未同行，夏之垂先赶回北京，向父母通报了这件事。父母当然乐得不知高低，34 岁的儿子早该成家啦。今晚，他捧着一束鲜花来找安小雨，准备向她正式求婚。

他用小雨给的钥匙打开房门，见安小雨盖着浴巾在沙发上熟睡，胸脯上放着一朵白花。这只装睡的小猫咪，在"这样的"时刻，你能睡得着吗？他忍住笑悄悄走过去，吻吻她的双唇。双唇还是温热的，但他忽然觉出有些异常，也瞥见了地上的一摊鲜血，他惊惧地喊：

"小雨，小雨！"

没有回声。他颤抖地揭开浴巾，在她乳胸处发现一个光滑的黑洞，没有血迹。这是激光枪造成的伤口，激光的高热同时起到止血作用。小雨的心脏已停止跳动，体温正慢慢冷却，手中还握着带血的水果刀。但她的神态十分安详，身上看不到被强暴的痕迹。

夏之垂绝望地跪在沙发前，泪水洒在安小雨身上。

直觉告诉他，这不是简单的暴力凶杀案。凶手是有双重人格的人，他冷酷地开枪后，又整理好尸体，盖上浴巾，还放上一朵白花表示无言的忏悔。

他到底是什么人？安小雨在迎接死亡时为什么会这样安详？……他脑中忽然电光一闪，想到临走前金载奎那句不祥的预言，可惜当时他与安小雨被幸福感迟钝了警觉。

他忍住悲痛，迅速拨通了金载奎的电话。那边，金的妻子哽咽着，用不流利的英语告诉了那个噩耗。他又拨通了莫尔家，听到同样的坏消息。拨犬养次郎和阿巴赫，无人接电话，他算算时差，这会儿两人都应该在家吧，不知道是否遭遇不幸。

这些情况和小雨的不幸已足以证实他的猜测。这个系列凶杀案肯定是K星人的杰作，凶手的双重人格正符合第二代复制人的特征，那是潜意识中K星指令和原身意识中道德观的冲突。

小雨死前显然已了解了真相。她用水果刀逼迫凶手开枪，是为了避免爱人与凶手遭遇，只有这样才能解释她死前的安详。

我的爱。我要为你报仇。他低下身，深情地吻了死者的双唇。

他忍痛告别小雨，没有丝毫延误，立即开车返回。如果没有猜错，凶手就在刚才与他相遇的那辆风神 700 上，他一定在赶向丹江口去杀最后一个目标。

看来金载奎的怀疑是对的。从实验突然中止，让六人放假，到几个人相继被害，这是一个精心组织的阴谋，主谋肯定在反 K 局内部，他要捉住凶手，问出幕后人。

他没有向警察通报，如果官方得知，我就不能任意行事了。不，我一定要亲手宰了这个畜生。

身后冷酷地命令：

"走到墙边，把手支在墙上，脚向后移。"于平宁顺从地照办了。后脑勺遭到一记猛击，他眼前一黑，晕了过去。

等他被凉水激醒，他已被拇指粗的尼龙绳绑得结结实实。他对死亡并不害怕，甚至揶揄地想，这下好了，捆得这样紧，等我被地狱的大锯锯开时，不会变成两半了。夏之垂居高临下地看着他，用激光枪指着他的胸膛，切齿道：

"你这个畜生，你这个丧失自我的僵尸。快告诉我，你的幕后主使是谁？"

于平宁冷笑着说："我的幕后主使？是我对 K 星人的仇恨，我的妻女都死在他们手里。"

夏之垂懊恼地摇摇头。他坚信面前是 K 星间谍，但这并不是说那人是在说谎。这个间谍很可能同时又是一个仇恨满腔的受害者，这使夏之垂的仇恨之矛没了着落。他驱走这种想法，换了一种问法：

"那么，是谁派你来的？"

于平宁挣扎坐起来，靠在墙上，他冷笑着说：

"我可以如实奉告，因为现在已经无须隐瞒了，只是这些事实恐怕要影响你对自己的信心。"他简要叙述了事情经过，对于飞碟上方出现的时空之洞格外强调，因为那是最为可靠的事实。"六个人我已杀了五个。盖棺论定，他们恐怕都不是 K 星间谍，不管是人品高尚的莫尔、阿巴赫、金载奎、安小雨，还是人品龌龊的犬养。这样一来，你就是疑犯之首了。当然，这些话你不会相信，因为你的思维是基于一种盲目的自信：相信自己就是自己。"

夏之垂的目光闪出一丝疑虑。没错，他从没怀疑"自己就是自己"。难道？……但他随即抖掉这点疑虑，仇恨地说：

"这些鬼话你留着对死神说吧，如果我对自己有怀疑，我自然有办法甄别。为了我的小雨，我一定要宰了你。快祈祷吧，向你那个 K 星人的上帝。"

于平宁用肩膀顶着墙，慢慢站起来："我想你是犯了一个错误。你不该扔下猎枪用我的激光枪。"

夏之垂冷笑道："你不必为我担心，在 01 基地中这是常见的武器，我会用。"

于平宁微笑道："但今晚我有一点疏忽，这点疏忽很可能救了我。我在割门玻璃时把手枪的功率调到低档，忘记调回来了。低档激光在这个距离杀不死我。"

夏之垂吃惊地低头看看。不，手枪在 F 档，那是射击档。他忽然悟出于平宁是在使诈，便立即按动扳机。但于平宁利用了他一刹那的迟疑，扬臂甩掉绳索，向右猛闪身。刚才他已用戒指面上的钻石划断了绳索。他觉得左臂猛然一烫，随之无力地下垂，知道左臂已经断了，但右手已从小腿上拔出一把匕首，扬手甩向夏之垂的咽喉。

夏之垂喉咙咯咯响着，慢慢倒下去，双眼一直仇恨地盯着于平宁。他手中的激光枪扫断了落地灯和书架，它们哗哗地倒下去。夏之垂死了。于平宁忽然觉得极度疲乏，浑身全散架了，他也慢慢地颓在地上。

我的使命已完成。他的意识咯噔一声散开，意识混沌中他看到鬼卒解开他的绳索，五天来一直紧紧捆缚他的绳索，于是他便分成两半，仆倒在地。

他还来得及听见一声女人的尖叫。蒂娜·钱在屋外的安全地带等了十几分钟，屋内一直没什么动静。她实在按捺不住对两人的关切，冒着危险潜到卧室窗下，正好瞧见了最后一幕。她哭喊着跑进来，泪眼模糊地看着地上的两个男人，不知道自己该帮谁。夏之垂已经没救了。这个勇敢的男人为了给情人报仇，壮烈地死了。她真该恨那个天杀的凶手。于平宁昏过去了，他的断臂只剩下一点皮肉和筋腱，没有血迹——她最终把于平宁抱在怀里，唤他，摇他，和着泪水吻他，一边哭诉着：

"怎么会是这样呢，为什么会是这样的结局呢？"

第10章

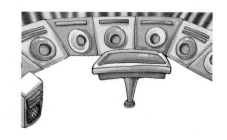

光 洞

水星，"雨海"地带的 K 星人基地。

仍是荒凉的太空景色，它似乎已凝固在时间里。飞船吸收着太阳的炽热，转化为半圆形的力场，力场圈闭着里面的类地球空气。透明的半圆形空气包像一个低度透镜，使其后的悬崖和深涧显得略有抖动。这是这片死寂世界的唯一动感。

章鱼形的 K 星人仍待在卵形的保护壳内，一动也不动，八只眼睛仰望着天空，活像千万年的老僵尸。一直到太阳落山时，它才懒洋洋地发了一道思想波，立时天空中出现一个奇异的光洞。

不过今天光洞中并未送出一个地球人。

第11章

自 戕

　　李剑得到伊凡诺夫将军的通报，知道六个目标已经全部解决了。这个结果已在预料之中。虽然他真诚希望于平宁能从目标中甄别出几个无辜者，但他知道这是不现实的。他对于平宁此行的表现不满意，有两个地方他没把影子割净，留下一些活见证，弄得国际警方追查到国内，不得不动用反K局的高层人士把这事捂住。当然，李剑本人也不愿祸及无辜，不过，万一反K局被牵扯进去，那些终日喊人权博爱的政治家们和记者们一定会把反K局撕碎。那将是整个人类的灾难。这些在奶油中长大的公子哥儿们怎能理解与K星人搏斗的残酷！

　　将军还告诉他，这几天有两个人一直在追踪于平宁，一个是位女记者，一个是男的。男的已经死在韩国，至死没弄清身份，只知道他是"血牙小组"的成员。问题是，谁把于平宁出门的消息泄了密？他一定是个能接触部分机密的人。将军说，反K局的机要秘书小刘值得怀疑，并且被暗中监视起来了。

　　01基地里还没人知道六人的死亡，所以很平静。李剑现在很发愁，将来怎么向大家宣布六人"调离"或"失踪"的消息。六个人哪，这必然在基地造成很大震动。还有一点，要迅速安排六个B角顶上来，继续"思维迷宫"的实验。

　　他突然感觉到强烈的异常，就像一道光流射入他的心脏，使它激烈地跳动着。几乎是同时，技术主任捷涅克像一发炮弹闯进来，急急喊道：

　　"上校，你看！光洞！"

　　窗外，天空上出现一个奇异的光洞，绿雾缠绕，一道强光斜射进01基地，光柱上向外吐着一圈圈七彩光环。他的心顿时缩紧了。

　　这是典型的时空虫洞，是K星人劫持地球人的老伎俩。在上次K星人劫持"天使长"号飞碟时就曾出现过，但当时飞碟位于基地之外。虫洞直接在基地上空出现，这还是第一次。看来，K星人已经知道六个复制人已经被处决，现在要直接向01基地下手了，目标当然就是其中的核心机密——

"思维迷宫"。

但他不知道K星人是如何下手的。敌方的高科技和高智商防不胜防,唯一可靠的办法是:干脆毁了它,在K星人下手之前。

这个念头一经产生就按捺不住,在他心中腾腾地跃动着。不能再犹豫了,没有时间了。他立刻找到捷涅克:

"跟我到地下室去,我要检查一下那个装置。"

那位生性严谨的捷克人有点犹豫,这样做不符合安全规定。李剑阴郁地说:"不能按部就班地申请报批了。告诉你一个坏消息:莫尔他们六位科学家此刻都已经死了。"

捷涅克被这个消息惊呆了,没有再犹豫,跟他来到地下室,李剑对警卫还了礼,说:"加强警戒,今天可能有情况。我和捷涅克主任在里面值班。"

两米厚的铁门有两道门锁,必须用两道钥匙同时操作才能开启。两个锁孔相距3米,以确保一个人不能兼顾两边。李剑和捷涅克分别对付一个门锁,经过长达10分钟的复杂操作,钢门才缓缓升起。两人进去后钢门又缓缓落下。

地下室与外界严格隔绝,它隔热,隔辐射,隔绝电波。这儿是一个绝对无声的世界,即使是轻微的赤足行走声、呼吸声、翻纸声都会被极其灵敏的拾音器收到,放大为霹雳般的声响。这样,外部警卫就会迅速进入戒备状态。

李剑进来后立即关掉了这套系统。他目光奇异地看着捷涅克，后者感到惶惑不解。李剑搂住他的肩：

"来不及解释了，以后你们会理解的。"

猛烈的一击把捷涅克打昏。他把捷涅克拖到里屋，捆好，用胶带粘住嘴巴，仔细检查胶带会不会造成窒息。看看手表，已经 11 点半了。时间紧迫，我一定要在中午 12 点钟前完成我的使命。

他急忙坐到主电脑键盘前。01 基地为了应付突然事件，在"思维迷宫"装置上设有自毁系统。只要输入一套复杂的指令，装置就会在一声巨响中化为灰烬。

他实在不忍心毁了它。这套装置是科技界的精英们殚精竭虑，费时两年才搞成的，其中也有他自己的多少心血。一旦毁坏，地球人将怎样对付真假莫辨的 K 星间谍？

但不能再犹豫了。一旦 K 星人得到这个装置，掌握它的秘密，会对地球人造成更严重的损害。

手表的滴答声在密室里像一声声雷鸣，也像一记记鞭抽，他横下心，飞快地敲击键盘，把自毁指令输进去。不过意识深处仍在悄悄向外渗着怀疑。他的行动真的正确吗？毁了"思维迷宫"是否真正符合人类的最高利益？

在敲击最后一项指令即自毁时间时，他的怀疑也达到了顶峰。但这种怀疑迅即被一波反向的大浪压下去——他当然应该相信自己的判断，他必须把装置毁掉。

　　他在两种念头的搏斗中呻吟着。好吧，我仅仅来一点小改动，我只把时间推迟 1 分钟，这微不足道的 1 分钟不会影响我的使命。

　　输完指令，他立即离开地下室，没有恢复拾音系统。他锁闭了钢门（锁闭时不需两人操作），对警卫说：

　　"捷涅克主任在里面值班，我晚上来换他。"

　　他匆匆回到自己的办公室，关好门，失神地盯着时钟，我实在不忍心目睹装置的毁灭，不过我确信自毁指令一定会执行。

　　时钟敲响 12 点，在令人窒息的死寂中又过了 1 分钟。现在，我确信我的使命已经完成。他的精神一下子散架，仿佛听到体内的碎裂声。

　　断臂的疼痛使于平宁悠悠醒来，他听见一个女人喜悦的哭喊声：

　　"醒了，你终于醒了！"

　　蒂娜的脸逐渐从虚幻中浮出来，泪水浸着满脸的喜悦。自己已经断了的左臂以怪异的角度弯曲着。他旁边是夏之垂的尸体，喉间插着匕首，两眼犹圆睁着。突然，一种莫可名状的恐惧来叩击他的精神之门，他呆呆地望着什么，忘记了剧痛。

几天来他辛辛苦苦，万里追杀，前边始终有一只魔鬼的号角暗暗地引他前进。现在，号角声突然消失，他发现自己已跌入地狱。

我究竟是谁？我干了什么？

为什么一定要追杀六个人？即使他们之中混有K星复制人，也完全可以用"思维迷宫"甄别。他在"甄别"犬养次郎时，那个人品卑劣的家伙已经透露了这个秘密。为什么在追杀后4个人时，在长达三天的时间里，他一直"不愿"想到这一点？

"惨绿色的光雾，怪异的光蛇！"

蒂娜听到于平宁的自语，奇怪地问："你说什么？"

于平宁忽然打起寒战，连续的不遏止的寒战。那片绿光并不是怀念妻女的幻觉，而是宁西公路上真实情景的潜记忆！莫尔和夏之垂没有说错，自己——严格说不是自己，而是自己的原型，曾在宁西公路上被K星人劫持、消灭、掉包成一模一样的复制人。时间发生在于平宁接到将军命令返回基地的途中。于平宁的所有记忆所有情感（包括对K星人的切齿之恨）都被保留，只是在潜意识中多了一道罪恶的指令。

他对K星人的仇恨被改头换面，变成为K星人卖命的狂热。

"第七个人……"

"什么第七个人？"

他坚决不杀直升机上七人中的驾驶员，为什么？因为在 K 星人指令中只设定了六个目标。

"小白花……"

"什么小白花，你在说什么？"

每人被杀后，他都要放上一朵小白花，尽管他清楚地知道这朵小白花肯定会引起警方的怀疑。为什么？这是于平宁的原身意识在默默地反抗，是为了借此引起警方的注意。

"席方平……"

"平宁你在说什么？你醒醒！"

几天来，他一直在心里保留着席方平受锯刑的场景，多次梦见自己被锯成两半。这些，其实都是他的潜意识对于体内两个人格的描述啊。

他粗暴地推开蒂娜，挣扎着站起来，用力抓握右手手指。不，没有那种清脆的响声，这大概是 K 星人在复制中唯一的失真。他曾发现了这个问题，但随之逃避了："现在没时间想这些琐事"。一定是可恶的潜意识指令及时地干扰了他的正常思维。

他面色惨然，脸肌抽搐。下面这点事实 01 基地还不清楚——当复制人完成 K 星人的指令后，当他们意识中不再存在这个毒瘤时，他就突然清醒了，复原了，回归成一个真正的地球人。

你在梦游中杀死了母亲，现在你得醒过来，欣赏自己的杰作。

蒂娜心惊胆战地看着他。他目光中燃烧着疯狂，脸部被痛苦扭曲。他正在意识中碎割自己。蒂娜抱着他使劲摇撼，喊着：

"于平宁，你醒醒！你还在梦魇中，快醒醒！"

于平宁长吁一口气。"我已经醒了。"他弯腰拾起激光枪，递给蒂娜，"你会用激光枪吗？现在它在射击档，保险也已打开。唉，拿上它，退后两步，指着我。"

蒂娜莫名其妙地照办了，更加担心地看着于平宁。于平宁说："现在可以告诉你，那个间谍复制人已经确定了，不是莫尔、犬养、金载奎、阿巴赫，也不是安小雨和夏之垂。复制人间谍就是残杀了这六个人的该死的凶手，就是我自己。"

宇宙在刹那间倒塌了。蒂娜手中的枪口颤抖着对准了于平宁的胸膛，听他冷静地剖析着全过程：

"……因此，只有我才是那个万恶的复制人。"

蒂娜逐渐信服了。这确实是最符合情理的结论。但事实明朗后是更大的惶惑，她该怎么办？一枪打死他？正是他主动坦承了这些事实，把激光枪亲手交给她。他的罪恶恰恰因为他的忠诚，这会儿他正处在最残酷的自戕之中。她痛苦地低声喊：

"天哪，我该怎么办？"

"你可以一枪崩了我，为安小雨他们六个报仇。不过，还是把这一枪推迟两天吧。这个杀死六人的行动并非我制定的，所以反 K 局的高层肯定还有一个复制人间谍，我要把他揪出来，这样我可以死得安心些。好吗？"

蒂娜沉默良久后垂下枪口，苦笑道："我听你的。于……如果到那时我必须向你开枪，我会陪你一块儿死。"

于平宁看着她，把感激埋在心底。他把自己的断臂放在桌子上，命令道：

"来，用激光枪切掉它！"蒂娜走过去，打开激光枪，小心地切掉残臂。又到医疗箱里拿来药品和绷带，仔细包扎好。于平宁走到夏之垂身旁，轻轻拔下他喉咙上的匕首，合上他的双眼，声音喑哑地吩咐蒂娜：

"帮我一把，把他抬到床上。"

他们费力地把已经僵硬的尸体放在床上，用被单盖好。于平宁在室内花瓶里挑一朵茉莉，轻轻放在夏之垂胸前。

"蒂娜，现在咱们可以走了。"

他把汽车挡位换成自动导航挡，目的地定在 01 基地。风神车飞驰而去。

中午 12 点 40 分，他们到达 01 基地。于平宁通过了门卫的检查，要求会见李剑，并请李剑为蒂娜·钱发放临时通行证。这种手续是异常繁琐的，还要上报反 K 局批准。门卫同情地看着他的断臂，立即向基地内打了电话。10 分钟后，门卫笑着说：请进，今天是李剑主任特批的。

基地内很平静，看来六人的死讯还没有传开。一名警卫把他领到李剑的办公室后随即离开。于平宁表情痛苦，右手托着断臂，用肩膀顶开门走进去。他的断臂窝里藏着一把手枪，可以很方便地抽出来。李剑绝不是等闲之辈，他必须小心。

当他从潜意识指令中解放出来，他对李剑的怀疑也同时萌生了。是谁夸大事情的紧迫性，草率地决定处死六人？是谁故意回避"思维迷宫"已基本成功的事实？是李剑和伊凡诺夫，前者最可疑。

他相信自己能甄别出这个万恶的间谍，因为，他苦笑着想，作为一个过来人，没有谁比他更了解复制人了：他们扭曲的心理、下意识的逃避、两种人格的潜在冲突……，揪出另一个 K 星间谍，是他自己死前唯一能做的弥补。

但屋内的情形是他没料到的。李剑眼睛布满红丝，神情颓丧，正在拼命地灌酒。这与往日的李剑判如两人。他冷冷地盯着于平宁，目光中尽是鄙夷和刻毒的嘲讽，于平宁也冷冷地盯着他。

"六个人已经全部杀死了。"于平宁闷声说。

"我已经知道了，这正是我喝酒的原因。"

仇恨在胸中逐渐膨胀，堵塞了呼吸。于平宁嘎声说："你在庆贺胜利？"

李剑不回答，又灌了一口，恶毒地笑着，忽然问："你的指令已经完成了吧，看来你一定意识到了这一点。"

血液冲到于平宁头上。他愤恨地想，这杂种在戏弄我，就像一只蛇玩弄嘴边的老鼠。这个畜生！他从臂窝抽出手枪，声音枯涩地说：

"你这个畜生，K 星人的狗。"

蒂娜站在远处，此时紧张地端平激光枪，瞄准李剑的胸口，李剑摔碎酒杯，昂然迎着枪口走过来："开枪吧，你这个混蛋复制人。告诉你，我的指令也完成了！"

于平宁缓缓地说："你的指令？"

"对，我的指令是毁掉'思维迷宫'装置，我刚刚把它炸毁了。六个主要研究者也被你杀光，地球人在几年内很难恢复元气。告诉你，我的指令完成后，我也复原了，变成了李剑，那个对 K 星人刻骨仇恨的李剑。哈哈！"

他笑得十分凄厉，像一头濒死的狼。他刚刚经历了和于平宁完全相同的心路历程。夏之垂两年前曾预言，K 星劫持的目标一定是那些最自信、神经最坚强的人，因为这些人

"从不怀疑自己"。他说对了,于平宁和自己正是这样的人。

看着李剑的癫狂,于平宁的枪口慢慢垂下去,他怎么没想到这一点?早该想到的,李剑和他是同病相怜。他的胸膛也要爆炸,他也想凄厉地长嚎……忽然一个念头浮出来,他努力想抓住它,就像溺水者想抓住一根树枝:"思维迷宫"已被李剑炸毁?为什么基地内竟没有一点动静?他怀疑地问:

"你把'思维迷宫'炸毁了?"

李剑立即竖起浑身的尖刺:"我当然炸毁了!自毁时间设在12:01。但'思维迷宫'设在10米深的地下,有两米厚的钢门,我又关闭了里面的拾音器,所以还没有人发现。"

"你应该相信我的判断。那个装置确实在12:01被炸毁了。"

于平宁神色不动地看着他,猜出这里面肯定有蹊跷。自认识李剑之后,他们一直有惺惺相惜之意。李剑行事果断,坚强自信,思维敏锐,绝不在他之下。还有祖马廖夫,这"三剑客"是伊凡诺夫的当之无愧的三条鼎足。他今天为什么这么喋喋不休?这不像他的为人。

于平宁敏捷地思考着,思路逐渐明朗。答案可能是这样的:李剑以超出常人的顽强毅力,迫使自己相信这个装置已被炸毁,这样他才能从潜意识指令中清醒过来。

没有错,"思维迷宫"一定没有被毁。否则尽管它设在隔音地下室，至少钢门旁的守卫会有所察觉。他暗暗钦佩李剑——他比自己强得太多了！作为一个过来人，他知道 K 星人埋下的潜意识指令是何等强大。它无影无形，无处不在，和你原身的思维绞结纠缠，撕扯不清。李剑能从这张大网里艰难地脱身，实在太难了！

他不敢追问下去。面前的李剑正在尽力支撑那个假的事实，一旦他知道"使命"并未完成，也许那个指令又会死灰复燃，他又会变成难以对付的 K 星间谍。

我要帮他完成他的心愿，于平宁想。蒂娜仍在墙角端着激光枪，目光惶然地轮流看着两个男人。她大概还没有明白这里的弯弯绕。于平宁忽然朗声大笑，把手枪哗地推向长桌对面的李剑，用仅存的右手夺过酒瓶豪饮起来。

"嗨，多好的酒。李剑，我告诉你，死前咱们能干一件很不错的事——你我都可以宰掉一个可恶的 K 星间谍。喂，把你的枪推过来。"

李剑也放声大笑。好，杀死这两个复制人，就不用担心某个危险会复活了。他掏出自己的手枪哗地推过去，捡起于平宁的手枪。两人坐在长桌对面痛饮一番，然后摔碎酒瓶，两个枪口慢慢抬起。于平宁微笑着问：

"有什么未了之事吗？"

李剑苦笑着说："有点放心不下'那个人'的妻儿——莫

如慧、小豹头，他们在盼着丈夫和爸爸呢。不过，我反正是没脸见他们的。不想它了。"

于平宁也想起那个"于平宁"的妻女，想起她们死前的那一幕，想起新田鹤子的柔情，想起古道热肠的将军，还有蒂娜·钱带泪的热吻……他一挥手，高兴地说：

"瞄准眉心，我数到三，两人同时开枪。瞄得准一点，咱俩都是神枪手，最后一枪可别丢丑啊。"

李剑笑道："放心吧，我们可以来个竞赛，明天请老将军来检查弹着点。"

他们互道永别，于平宁兴致勃勃地喊：

"准备，一、二……"

忽然屋内一亮，漂亮的枝形吊灯被激光扫断，正好落在长桌中间，摔得稀碎。蒂娜·钱走过来，怒不可遏地挥舞着激光枪。她终于弄明白了其中的弯弯绕，这会儿破口大骂：

"两个目中无人的混蛋男人，你们忘记了屋内还有一个女人？你们送死前不能征求一下她的意见，和她道一声永别？"她怒气冲冲地走到两人中间，把激光枪啪地摔在桌子上。"于平宁，我听明白了你们的想法，你俩想帮对方送死，一死百了，只求无愧于心。这是最愚蠢的想法，表面上英雄，实际是懦弱逃避！"

这一番责骂确实使两个男人面有惭色，两只枪口也垂下去了。蒂娜又拾起激光枪，瞄准李剑的胸膛，恨恨地说：

"特别是你。我知道你曾受制于强大的K星人指令，但即使在那样深重粘滞的黑暗中，你还是努力浮了上来。现在，你已经清醒了，那个指令至少已暂时失效了，难道它还能再次控制你？你对自己如此没有信心？李剑，现在你仔细听着，"她一字一句地说，"你是个地球人，曾被K星人复制并被植入K星人指令。这个指令是让你炸毁'思维迷宫'，但你用顽强的毅力挫败了它的控制。'思维迷宫'肯定没有毁，现在你打个电话验证一下，不要逃避。如果那个魔鬼真的在你头脑中复活，我和于平宁再打死你不迟。请吧。"

李剑想，这个女人说得对，我是在逃避某个事实。现在我要克服恐惧，直接面对它。他横下心，按下一个电钮，屏幕上立刻显出地下室的景象，"思维迷宫"安然无恙，捷涅克仍在昏迷中。这个事实立刻使一道堤防轰然溃决，浊浪呼啸着漫过大脑，想淹没他的思维。但已经清醒的主体意识立即挺身迎上去。两者轰然相撞后，浊浪慢慢平息……他疲乏地擦擦冷汗，目光清醒地说：

"好了，我已经摆脱潜意识指令了。谢谢你，这位不知名的女人。"

于平宁扑过去和他紧紧拥抱，蒂娜·钱也扑上去，三人拥抱着笑成一团，但笑容中和着泪水。

片刻的兴奋后，三个人都冷静下来。李剑说：

"谢谢你，蒂娜，你比两个男人更有勇气。不过既然还要活下去，我们得做点事情。现在有了两个已经苏醒的复制人，这种机会很难得的，不能辜负了它。"

于平宁沉思地说："我常常梦见被复制时的情景，过去我以为它只是一场噩梦。现在知道，这些梦境很可能是 K 星人水星基地的面貌：荒凉的环形山和悬崖，一个硕大的透明的空气透镜，周围到处是地球飞船的残骸。我进入力场，被一支粗管吸起，离散化，又被还原……"

李剑接口说："对，一个奇怪的 K 星人，像只章鱼，裹在卵圆形的卵泡内，身体是柔软的，可以在地上蠕动，八只死鱼样的小眼睛……"

这些场景慢慢浮现，逐渐清晰。忆起这些前生之梦，两人都不由打个寒战，蒂娜·钱奇怪地问：

"K 星人只有一个？"

"我只记得一个。"

"他们的科技手段那样高超，为什么不直接进攻地球，却一直采取这样迂回的方式？"

于平宁点头道："李剑，蒂娜问得对。科技进步一定有它的代价。拿人类来说，就丧失了猿人的强悍，抗病能力减弱了，方位感和嗅觉退化了……K星人也可能在某些方面非常脆弱，只要我们能接近，就能找出机会消灭它。"

"你想去水星基地？"

"对。"

蒂娜忙问："怎么去？"

"偷一艘飞船，我可以驾驶，我接受过飞船驾驶速成训练。我们可以以复制人的身份去欺骗K星人，就说我们已完成了指令，正被地球人追杀，所以来水星寻求庇护。"

李剑说："不知道能否骗过那个老妖精，不过值得一试，反正这是最后的机会了。蒂娜你留在这里，不要跟我们去送死。"

"不，我一定要去。我就说我是于平宁的恋人，生死不渝，甚至不惜跟他去投奔敌人。希望这种身份能使K星人相信。"

于平宁看看蒂娜，知道劝也没用，也就没有废话。他走过去，把蒂娜揽在怀里，两人默默体味着这色调凄绝的爱情。

李剑说：

"事不宜迟，等捷涅克弄出响动来就麻烦了，我们出发吧。"他拿起电话吩咐基地机场，"立即准备好'天使长'号飞碟，我和两位客人要使用。不需要驾驶员。"

于平宁声音低沉地说："将军那儿就不必打招呼了，我们没脸见他。再说，让地球人在背后追杀着逃往火星，可能更真实一些。"

也许我们一去不返，地球人将永远诅咒这三名叛徒。李剑想起了爱妻和娇儿，他们也将诅咒自己的丈夫和父亲。但他没有说话，默然同两人握手，然后领他们坐电梯到楼顶。飞碟已从空中轻捷地落下来。

第12章

三剑客

30分钟后，飞碟向下钻出云层。前面是长江宽阔的水面，船只络绎不绝。飞碟稍稍向北盘旋，下面是一圈莲花状的山峰，这里山深林密，几乎没有人迹，仍保持着古朴的面貌。其实，莲花十峰已被建成巨大的发射井。指挥台也在山腹内，用地道和各发射井相连。只要听见紧急起飞令，伪装的井盖就会在1分钟内旋开，10艘飞船将在烟火飞腾中升空。

于平宁曾率特别行动处来这儿实战演习，对这儿很熟悉。他让李剑把飞碟停到入口处，三人走下来，向警卫还礼。李剑和于平宁先进行指纹和瞳纹等检查，这是反K局的通用程序，身份确认后，警卫问：

"李剑上校，于平宁上校，你们来这儿有公务吗？"

于平宁简短地说："请接通祖马廖夫，我和他讲。"

祖马廖夫出现在屏幕上："你们好，两位贵客，不，三位，还有一位女士呢。衷心欢迎你们！"

于平宁说："老祖你好。我和李剑有急事，还有这位蒂娜·钱，请为她办理进基地手续。"

"好的。"他对警卫交代几句，警卫对蒂娜进行了全套检查，把她的指纹、瞳纹等记录在案，然后领他们进入电梯。

电梯下行大约200米后停止，祖马廖夫在门口微笑迎候，依次拥抱三人："你好，小李、小于，还有钱小姐。"这是一个黑熊一样强壮的俄国佬，40岁左右，身高将近两米。与他相比，李剑、于平宁都成了小孩子，依偎在于平宁身边的蒂娜更成了袖珍姑娘。"多漂亮的姑娘，小于，不能放过机会唷。"

他哈哈大笑。进入办公室，勤务送上热气腾腾的咖啡。于平宁说：

"有机密要务，不要有人打扰。"

祖马廖夫对着通话器吩咐："我有重要客人。除非反K局的紧急电话，其他电话暂不要接进来。"

他领三人走进密室，关上门，让三人坐下。他也坐到转椅上，严肃地说："开始吧。你们两位联袂而来，我知道一定有不同寻常的要务。"

李剑和于平宁同时跳起来，掏出手枪，一左一右逼住祖马廖夫。祖马廖夫瞪着眼说："这是干什么？"

于平宁苦笑道："这是为你着想。我们需要制造这么一幕武力胁迫的场景。现在，请你耐着性子听完我们的故事。"

蒂娜说："让我来讲吧。"于是，她口齿伶俐地叙述了这些天的所见所闻：她如何追踪于平宁，如何被于平宁从火中救出，如何目睹他一次又一次杀人。还有他完成K星指令后的清醒和痛苦，李剑战胜潜意识指令的顽强，两人在痛苦中的求死，直到自己的介入及他们的秘密计划。她声泪俱下地说：

"祖马廖夫先生，你和他们是好朋友，请你用自己的心判断一下，我说的是真情还是谎言。我们这次去水星，成功的几率很低，比起万年修行的K星人妖魔，地球人的智力恐怕不值他们一笑。但无论如何，请你帮我们试一试，为了地球和人类。好吗？"

祖马廖夫沉思了很长时间，平静地说："我决不会与你们合谋。但我正在两个枪口的监视下，两个持枪人又是反K局内第一流的好手，我无能为力。"

三人点点头，心照不宣。于平宁说："请你命令某艘飞船上的两名人员离开发射井。"

祖马廖夫点点头，摁下一号通话口："汪士为，黎德永，你们离开发射井，返回指挥中心，太空服留下。再准备一套160厘米尺寸的太空服，有人接替你们。"

这些飞船都是24小时戒备。通话器的屏幕上，两名太空人穿戴着太空服，手中拿着头盔，对着屏幕立正回答：

"是，1号明白。"

等两人离开飞船，于平宁拿着绳索走过去，低声说："对不起，老祖，我要捆上你了。"他和李剑把祖马廖夫牢牢捆在转椅上，用胶带封住嘴巴，然后三位老友用目光告别。

于平宁向屋内送出最后一瞥，毅然按下紧急警报。在刺耳的警报声中，三人跑到楼下，迅速跨进1号通道。自动车高速向1号发射井开过去。凄厉的警报响彻宁静的群山，太空舰队的成员们立即进入飞船，关紧舱门。所有地勤人员都各就各位。10个发射井盖缓缓打开。

自动车停下了。三个人从车上跳下，迅速穿戴好太空服，于平宁过来帮蒂娜戴好头盔。头盔里蒂娜目光炽热，既紧张又亢奋。于平宁心头作疼，多可爱的姑娘，他真不想领她踏入不归路。但他什么也没说，领着两人迅速爬上舷梯，进入飞船。

除了中央控制台外，飞船内也有点火按钮。于平宁坐到驾驶的座位上，看看右侧的李剑，看看后边的蒂娜，说：

"我要点火了。"

那两人忘了打开内部通话器，没听见于平宁在说什么，但他们都庄重地点头。于平宁摁下点火按钮，立时一声轰鸣，大地微微颤抖着，烟雾从发射井腾空而起。飞船缓缓升出井口，射出强烈的黄色光芒。等越出井口，飞船急剧加速，很快升到天顶，然后改变方向，沿着地球切线的方向飞走。

这艘飞船一点火，发射场里立刻一片慌乱，其他 9 艘飞船的乘员急急喊话：

"指挥塔，为什么 1 号飞船突然点火？是不是指挥系统出了故障？"

指挥塔没有人能回答这个问题，急忙把电话打到祖马廖夫的办公室，没有回音。几分钟后，警卫人员闯进办公室，见将军正在椅子上挣扎。他们赶紧割断绳索，撕下封口的胶带。祖马廖夫扑到通话器上喊：

"2 号、3 号飞船立即升空，任务是击落 1 号飞船。请注意，为了安全，不要飞出地球 100 万公里之外，追击不上就立即返回。现在执行命令！"

两艘飞船随之呼啸腾空。祖马廖夫来到指挥塔，紧张地看着屏幕。实际他很清楚，2 号和 3 号的起飞迟了 10 分钟，不可能追上 1 号了。他但愿自己对三人的判断是准确的，没有放走三个真正的 K 星间谍。至于自己此后的命运，此刻他不愿多想。

这 3 艘激光驱动的飞船已飞到 10 万公里之外，指挥塔忽然收到 2 号的呼叫：

"指挥塔，前方出现光洞！叛逆飞船突然消失！"

他的心忽然沉了下去。他愿意相信李剑和于平宁，但 K 星人的接应又是怎么回事？是事先的密谋，还是 K 星人的机敏反应？祖马廖夫摇摇头，对两艘飞船下了命令：

"立即避开光洞，返回地球！"

然后他来到指挥塔的密室里，要通了反 K 局的电话。现在，我该向伊凡诺夫将军自杀谢罪了，他苦笑着想。秘书告诉他，将军不在这儿，他到 01 基地处理一件紧急公务，请祖马廖夫将军与那里联系。

在那间坚固的地下室里，捷涅克奋力挣扎了几小时。他的心脏嘭嘭跳动，在这间静音室里就像一声声炸雷。几个小时前，他从昏晕中醒来，隔着屋门，依稀能听见李剑在敲击键盘。这个混蛋在干什么？输入自毁指令？他真不愿相信这一切。李剑在他心目中十分高大，他宁可怀疑自己是间谍也不会怀疑李剑。可是，偏偏这又是事实！

听着李剑停止了操作，走到大门口，钢门轰轰隆隆拉开又关闭。捷涅克挣扎着想弄松捆绑。刚才李剑说"以后你会理解我的"，以后？在装置自爆的一声巨响里去理解他？

他在心里恨恨地咒骂着，尽力挣扎着，终于弄开了绳索，取下封口的胶带。他几乎已精疲力竭了，仍挣扎着走到门口，先恢复了内部的拾音系统。门外的警卫立即听到钢门后的巨响，警报发疯般响起来。然后他们听见屋内捷涅克雷鸣般的喊声：

"李剑叛变，迅速通知伊凡诺夫将军！"

01基地立即一片慌乱，就像被浇了沸水的蚁窝。他们进行过多次演习，考虑了一切危险，就是没考虑到负责安全的最高官员会叛变。三木正治立即赶到办公室，下了一连串的命令：封锁大门，全体人员进入一级战备。立即通报将军。搜索"天使长"号飞碟的去向……

20分钟后，伊凡诺夫将军匆匆赶来，新田鹤子跟在后边，他们的面色都十分阴郁。他们赶到地下室，用备用钥匙打开钢门。捷涅克正坐在电脑前发愣，将军进去后他也没有行礼。将军走近他时他扭回头，困惑地说：

"将军，装置安然无恙！今天上午，那个可恶的间谍把我打晕，我苏醒后听见他正在输入自毁指令。可是我刚检查过，真奇怪。他准确无误地输入了整套复杂的指令，但在最后设定自爆时间时，却犯了一个可笑的错误，"捷涅克强调道，"真的是一个十分可笑绝不该犯的错误，他输的时间是11点61分，所以电脑拒绝执行。"

将军带他回到办公室，详细询问了今天的一切。听完后，将军神色阴郁，心中绞疼。他十分喜爱这两个部下，不愿把他们同万恶的间谍联系起来。新田鹤子坐在角落里忍泪听着这些叙述。原来于平宁断了一支胳臂，他一定受苦了……可是，不能这样想，他是一个可恶的间谍呵！

电话响了，是祖马廖夫的："将军，李剑和于平宁刚刚乘坐1号飞船逃离地球。我命令2号、3号飞船追击，但他们已被K星人在光洞中接应走。我请求处分。"

在屏幕上，他并不像十分沉痛或沮丧。伊凡诺夫神色不动，但心里暗暗怀疑。飞船发射场戒备森严，纵然于平宁和李剑神通广大，又熟悉内情，也不至于盗走一艘飞船。这里是否还有什么隐情？他命令道：

"把你的工作交给副手，速来01基地见我。"

"是。"

半个小时后，祖马廖夫在警卫押解下来到01基地，他要求面见将军。两人密谈了将近1个小时。

第二天，祖马廖夫被撤职关押，等候处理。伊凡诺夫向世界政府递交了辞职报告，表示自己应对反K局的失败负责。莫尔等六人被K星人杀死的消息也开始传开，反K局的三个主要基地：01基地、太空舰队和特别行动处，都弥漫着惊惶不安的情绪。

第13章

万年老妖

　　飞碟被吸进光洞。在时空虫洞中飞行时，飞船的四周和后面是绝对的黑暗，所有星星全挤在前方，那儿变得异常明亮。于平宁和李剑互相看看对方，默然点头。他们同时忆起了不久前相同的场景。

　　很快，飞碟被光洞吐出来，伴着七彩光环平缓落下，停在力场的圆顶。眼下是似曾相识的景象：一个巨大的半球形力场在飞碟下微微颤动，形状奇特的 K 星飞船停在半球形之内。球体外面是像月球一样的洪荒之地，有大大小小的环形山，有悬崖深涧和雨海中呈放射形的山脉，表面都被核火焰烧融。还有遍地的飞船残骸，显示着这儿发生过激烈的战事。

于平宁对着飞碟通话器喊："我们是两个 K 星复制人，已经完成了潜意识指令，现在被地球人追杀，请求你们的庇护！"

喊话之后，三个人忐忑不安地等待着。他们看到了那个卵圆形的卵泡，感受到了"准许进入"的信息。力场之壁被打开，飞船慢慢下落，停在地面上，然后力场又很快恢复原状。

三人脱下太空服，打开舱门走下去。他们紧紧地盯着那个丑陋的 K 星人，一时不知道往下该怎么做。他们恨不得马上杀了他，但现在还不是时候。他们得先设法麻痹这个万年老妖……忽然，三个人不由自主飘浮起来，在空中转了 180°，平躺在三个平台上，三根管子慢慢伸出来，悬在三人头顶。位于中间的于平宁大声说：

"他要把我们再次分解复制了！"

他在心里苦笑。他们曾对来到水星后的种种遭遇作了猜想，商量了应付办法，却没料到面临又一次解体复制。几分钟后，谁知道在这儿复制出的是什么人？经过第二次复制后他们会不会仍然保留记忆？他看到李剑和蒂娜的眼睛里是同样的悲凉，也有同样的坚定。尽人力听天命吧，无论如何，他们在解体过程中也要努力保持自我。

于平宁感到自己的身体逐渐虚浮，离散为无数粒子，沿着一个漏斗形的黑洞吸进去，又吐出来。粒子逐渐合拢，粘结，终于他感到了自己的实体。

他欣慰地感觉到，在整个过程中，那个自我始终存在，即使已经失去了本体，它仍在冥冥中不断地发出警示。现在，在短暂的晕眩之后，他清醒了，启动了第一束思维之波：

"我是谁？"

大脑中的记忆非常清晰：我是于平宁。我曾被 K 星人复制，做出了千古憾事。现在我来这儿，寻找机会消灭 K 星人。

好，我仍然存在。他看看李剑，他的目光同样明朗。两人相视而笑，心照不宣。他再看看蒂娜。他担心蒂娜没有经历过被复制的经历，可能会失去记忆。但蒂娜的目光同样清醒，同样有心照不宣的默契，他们都笑了。

三人听见 K 星人在说话，那是叽里咕噜的古怪声调，但奇怪的是，这些话传到各人大脑时却转换成标准的中国话：

"三个人，你们进来。"

他们从平台上下来，梦游般踉跄几步，逐渐熟悉了自己的新身体。在水星的低重力环境下，三个人步态轻盈地走进 K 星飞船。

K 星飞船简直像一个小宇宙，舱室极其宽阔。没有他们熟悉的管道、仪表、舱门等设施。柔软的大卵泡里，那个 K

星凶魔一动不动，八只小眼睛呆愣愣的。这个软体动物不像有什么自卫能力，三个人真想立刻冲过去把它掐死，但他们小心地隐藏着自己的仇恨。这时，K星人又说话了：

"欢迎三位复制人。现在你们想不想观看自己的思维？"

他们立刻在虚空中看到这样一幕幻景：他们三个立在原地不动，但三个虚像从各自的身体里飘出来，争先恐后扑向卵泡，用力掐，用力咬，愤恨在他们脸上表现得淋漓尽致。K星人格格地笑了：

"你们竟想欺骗我？一群傻瓜！"

三个人悲哀地互相看看，知道他们的使命已经失败了。在K星人超高的科技手段下，他们没有任何还手之力。既然如此，李剑痛痛快快地承认：

"对，我们是想找机会杀死你，可惜双方的科技太悬殊了。不过我们已尽了力，死而无悔！"

K星人问："为什么要杀我？"

于平宁勃然大怒，痛快淋漓地骂道："为什么？你这个没有人性的万年老妖，你为什么抢占我们的地球？你残杀了多少无辜的地球人？人类不会向你屈服，哪怕战到最后一个人！"

K星人不屑地说："谁说我想占领地球？不，我不想，银河系尽在我的掌握，我可以居住在任何地方。地球我只是路过。但我是一个好奇的观察者，想通过复制地球人的手段深

入到你们的意识中，去观察你们的本性。有时我甚至有意在复制时造成两分钟的时间缺失，那样地球人的反应会更有趣一些，更好玩一些。至于你们说的杀人（K星人不耐烦地说），那只是一堆原子在某种集合后的解体，用不着大惊小怪。地球人在观察动物时，不是也经常造成这种解体吗？豚鼠、白鼠、恒河猴、青蛙……是不是？而且说到底，我从未动手杀人，是你们自己杀死自己的。凶手是潜藏在你们心中的残忍和嗜杀，是你们根深蒂固的兽性。知道吗，这恰恰是我要观察的内容。"

三个人震惊地面面相觑。他们想不到地球人曾以为的星际战争和灭顶浩劫，原来只是缘于一个外星老人的执拗的好奇心。一个老顽童毁坏了蚁穴，蚂蚁们则用它可怜的小脑袋去分析挖巢者的动机。他们悲哀地感到，这个K星人完全无法理解，连诅咒都落不到它身上。K星人又说：

"不过，我对你们两人，不，三个人，蛮感兴趣。你们有一种叫'信念'的东西，在复制之后还能保存。要知道，在我的复制技术中，一向只能保存具象的记忆，不能保持抽象的信念。但你们的信念却能完整保留，尽管它们只是低层次的仇恨。"

K星人停顿片刻，突如其来地宣布：

"行了，为了你们三个好玩的家伙，我答应你们不再观察地球，不再造成结构解体。我要结束这次观察，现在就离开太阳系。"

三个人目瞪口呆，惊定后欣喜莫名。他们绝对想不到局势会这样急转直下。李剑和于平宁沉默着，心中在忖度能不能相信 K 星人这番表白。蒂娜第一个做出反应，欢呼道：

"谢谢你，我代表人类谢谢你！"

K 星人不好意思地说："不用谢，说起来麻烦还是我挑起的。可是，在我离开之前，我有一个小小的要求。"

蒂娜不知不觉换了口气，就像是大姐姐哄劝小弟弟："你说吧，我们一定会满足。"

K 星人说：

"我来自 10 亿光年之外。我们的太阳已经变成黑洞，吞没了 K 星文明。不过，K 星文明已经足够发达，可以在火化时结出几百颗舍利子，撒播到宇宙各处。我就是其中之一。我的寿命几乎是无限的，不死不灭，不吃不喝，没有性别，没有喜怒哀乐，过着一种纯思维的生活，这种高层面的生活你们一定不会理解的。不过，观察了好玩的地球人之后，尤其是看见你们三个之后，我知道了寂寞。所以，我离开太阳系时，你们要陪我一块走。"

三个人又是欣慰，又是好笑，他们能感到一个万年老妖的偏执和童心。但随之而来的是悲怆——如果满足他的愿望，三个人就永远见不到地球了。于平宁看看蒂娜，再看看李剑，毅然说：

"我和蒂娜留下吧。李剑你回去，你在地球上有妻儿。"

没等李剑回答，K星人固执地说：

"不行，三个人都得留下，你们三个我都喜欢，一个也不能少。不过，如果你们愿意探家的话，可以让你们1万年回地球一次，你们同意吗？"

李剑苦笑："1万年，那时我们的亲人早就作古了。"

K星人歉意地说：

"可是我要去另一个星球去，时间太短的话连我也做不到。要不，我送你们另外一件礼物作为补偿：我可以让已经解体的地球人复生。"

于平宁惊愕地叫道："什么，让死人复生？你能办到？"

K星人有点不耐烦：

"干嘛大惊小怪，当然能啦。既然能复制第一次，就能再次复制。我这儿保留有他们的信息。这很简单，就像地球人打碎几个锡具，再融化后倒回到原来的模子中去。"

他看看于平宁，补充道：

"噢，你的妻子和女儿解体时没有留下信息。不过没关系，我能通过虫洞追索到。"

李剑热泪盈眶地说："好，我们跟你走。你马上让这些人复生吧，包括于平宁的妻女、莫尔、安小雨、夏之垂、阿巴赫、金载奎，甚至犬养次郎。还有所有曾被你复制过的人。"

于平宁感激地看看李剑。他切盼着妻女复活，只是，我和她们要永远生活在不同世界里了。更苦的是李剑，他身边甚至没有一个蒂娜陪伴。细心的蒂娜领悟到他的悲凉，把两个男人都拥在怀里。

K 星人说："如果你们同意，我们马上就离开。放心，我答应的事会办到的。"

三人庄重地回答："我们同意。那些事请你开始做吧。"

卵泡飘浮起来，进入飞船，三个人也跟着进去。K 星人解除了力场，半球形的空气泡轰然爆开，很快消散于无形。片刻之后，巨大的 K 星飞船在绿光中升入太空。

地球政府接到监测者报告，K 星飞船忽然在水星上升空。它急剧加速，很快化为一道光束，不再能观察到。但有 10 艘不明飞船正向地球飞来，此时已经接近地球。

9 艘 KG 型飞船立即起飞迎击。但那 10 艘敌船突然在光洞中消失。等 KG 型飞船返回时，10 眼发射井中已塞满了旧的 KF 型飞船——它们都是上次讨伐水星时被击毁的，那些"早已牺牲"的船员们正在通话器中吵嚷不休：

"指挥塔，我们奉命向水星发动进攻，并被 K 星人击毁。

但为什么我们又回到了地球？"

在一片绿光下，丈夫驾驶的风神车突然失控，它越过护栏板向隧道口撞过去。何青云惊叫一声，本能地护紧女儿，随之感到死亡的黑暗落下来……这片黑云逐渐变淡，她看见自己仍搂着女儿坐在后排。可是，丈夫呢？于平宁呢？青青仰起头问：

"妈妈，刚才我们是不是已经死了一次？"

她失笑道："傻妮子，死了还能说话吗？我们当然活着。可是，你爸爸呢？"

她们徒劳地呼唤寻找，于平宁却杳无影踪。

老莫尔从里屋出来，见妻子惊叫一声，摇摇欲坠，他忙过去扶住妻子，唤道：

"珍妮！珍妮！别怕，我没有死！"

夏之垂悄悄俯下身，吻吻安小雨的双唇，他突然感觉到死亡的寒意。安小雨却忽然格格一笑，猛然挽住他的脖颈。她惊奇地问：

"老狼，你为什么不带鲜花却带了一支猎枪？你想用枪逼我答应你的求婚吗？"

伊凡诺夫带了两瓶好酒，一瓶伏特加、一瓶中国的茅台，还有几盘小菜，自己拎着到了监狱门口。他温和地说：

"我想看看祖马廖夫，可以吗？"

守卫知道将军已被免职，但他们很尊敬将军，再加上祖马廖夫只是因渎职罪被关押，罪行不重，可以卖一个人情。于是他们为将军拎上酒菜，打开牢门。

将军说："谢谢你们，谢谢！"牢门重新关闭。祖马廖夫接过酒菜，让老将军坐下。两人一言不发，默默对饮起来。很久，老将军才说：

"那些消息你都知道了吗？K 星人的飞船突然消失，所有与 K 星人有关的死者都已经复活，已经坠毁的 10 艘飞船也奇怪地返回地球。"

"知道了。我相信是那三个人的功劳，但我一点也想象不出他们是如何取得成功，这几乎是不可能的事。将军，我真为自己当时的决定而庆幸。"

老将军又喝了一杯，说："我已被免职了，我是罪有应得。那时同意李剑关于处决六人的提议，实在是不能饶恕的昏聩。你知道吗？"他苦笑道："我甚至怀疑自己也被植入了潜意识指令。那天我作了'思维迷宫'的第一个受试者。我严厉地命令警卫：如果测试结果说我是复制人，立即开枪，绝不能犹豫！当然，结果是否定的，这个结果并没使我解脱——也许在 K 星人离开后，复制人的潜意识指令已经被关闭了，所以测试不出结果。"

祖马廖夫安慰他："不想这些啦，反正 K 星已经离开，归根结蒂，是你的部下获得了成功，这也是你的光荣。"

两人又喝了几杯，老将军沉重地说："我将尽力为你脱罪。但我已经被免职，不敢说一定能办到。"

祖马廖夫大笑道："将军，何必这样小家子气。比比牺牲的于平宁、李剑和蒂娜，几年牢狱算得了什么？你不用管我，只要你能照顾好我和李剑的妻儿，还有新近复活的于平宁的妻女就行了。"

"你放心。新田鹤子在陪着她们，帮她们补上这三年生活的空白。可怜的鹤子，于平宁消失了，她也很难过啊！"

两人喝完了伏特加，把茅台留给祖马廖夫，在门口握别。老将军说：

"告诉你，我总有一个疑问，为什么与 K 星人有关的所有死者都已在地球上复活，而于平宁等三人却消失了？我想他们肯定还活着，某一天会突然出现在我们面前。"

祖马廖夫点点头："很有可能，我们耐心等待吧。"

"小豹头哥哥，你好。"

"你好，你是谁？"

"你先猜猜，猜不着，我再把三维视频打开。"

"我听出来了，你是青青！你和妈妈都好吧？"

"都好，我只是不习惯，复活后我比别人少了三年时间，我的旧同学都早已毕业了，可我还在小学5年级。"

"没关系，新同学很快会熟悉的。星期天来我家玩，好吗？我妈可想你啦，也想何阿姨和鹤子阿姨。"

"小豹头哥哥……"

"怎么啦？有什么难题吗？小豹头哥哥帮你解决！"

"没什么，不过别人都说我变了。晚上，我常趴在窗户上看宇宙，一看就是半天。我总觉我爸爸、你爸爸还有蒂娜阿姨没有死，他们在远远的天上看着我们。"

"对，他们是好人——现在大多数人越来越相信他们是英雄，不是叛徒。好人当然在天堂上。"

"不对，不对，你听我说嘛，不是那个'好人死后才能去'的天堂，是在天上，他们还活着。我妈也常有这样的感觉。"

"对，他们活着，他们永远活在人们心里。"

"小豹头，你怎么听不懂我的话？所有人都听不懂我的话，我不和你说了，真气人！"

"青青别生气嘛。好的，再见。"

两个孩子在通电话时，何青云正在阳台上用天文望远镜观看麦哲伦星云。复活后她常常有一个强烈的感觉，似乎于平宁他们三人生活在这个星云里，他们的思维之波源源不断地射向地球。青青也有同样的感觉。何青云把自己的感觉告诉了莫如慧和新田鹤子，但两位没有这种感觉。那么，她和女儿的超能力一定是在复制中形成的。

　　不过，不管相信与否，这已成了三个女人的共同爱好。此刻，新田鹤子正在用另一具望远镜观察星空，而莫如慧也在自家阳台上摆弄着天文望远镜。